옹

응

문정희 시집

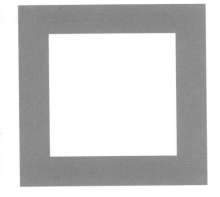

민음의 시 205

민음사

시가 차오를 때면
응!
야성의 호흡으로 대답했다.

어느 땅, 어느 년대에도 없는
뜨겁고 새로운 생명이기를.

2014년 9월
문정희

차례

1부 회오리 꽃

조장(鳥葬)   13

강   14

쥐약   16

토불(土佛)   18

회오리 꽃   19

동물원   20

아포리아 역   22

알 수 없었다   24

구두 수선공의 봄   26

가을 옷   28

나의 화장법   30

망자의 섬   32

2부 늑대 여자

나의 펜   35

늑대 여자   36

여시인   37

나비들을 위한 레퀴엠   38

빵   40

가을 폭설   42

이혼 앞둔 여시인   43

마리안느의 속치마—프랑스 우표에 부쳐   44

결혼한 독신녀   46

불을 만지고 노는 여자   48

퇴근 시간—신사임당이 어우동에게   49

첫 불새—정월 나혜석 언니에게   50

시인 허초희—난설헌을 그리며   52

검은 꽃—사형수 작곡가 아내의 노래   55

천재들의 아내   56

우리 순임이   58

아줌마—인류학자 벤자민 주아노에게   59

딸   60

세 사람이 함께 쓴 시   61

나의 자궁   62

3부 침대

돼지   67

뚱뚱한 시인   68

구조대장의 시   69

침대   70

천진불(天眞佛)—네 살 난 이거인에게   72

빈집   73

페루 소녀   74

물구나무   76

루비   77

구걸 명상   78

드라큘라에게   80

칼날의 시   82

허공 문학 기행   83

너라는 해   84

해부학 교실   86

무식한 엄마   88

은 캐는 마을   90

바다의 아나키스트   92

겨울새   93

보석 상자   94

다큐 무대—자카르타의 기억   95

칸나   96

사막의 신호등   98

4부 겨울 호텔

뒷모습   103

나비 시인   104

토요일 오후의 엘리베이터   105

겨울 호텔—상트 페테르부르크에서 106

해피 108

가위를 든 남자들 109

북한산의 시 110

독거 111

사랑 찾기 112

첫사랑의 납골당 113

스무 살 114

이별 시 하나 115

실버 116

안개 노인 118

정치인의 장례식장 119

사과는 춥다 120

야만의 밤 122

북쪽—뉴욕 북부 작가촌에서 124

의사당 126

내리막길 127

노배우 128

묘비명 130

백지—쉼보르스카에게 132

작품 해설 | 이숭원

슬픔의 빙벽에 피어난 독거의 꽃 133

1부 회오리 꽃

조장(鳥葬)

사막에서 시신을 쪼아 먹는 새를 본 후로는
세상의 모든 새들이 육친으로 보인다
집으로 돌아온 후에도 내 살과 피는
새의 눈처럼 날카롭고 의뭉하다
아무리 씻어도 죄 냄새가 난다
입술에 묻은 핏빛 슬픔과
검은 고독으로
시를 쓴다
살덩이로 사는 한 그림자를 벗어날 수 없다
눈알은 불안으로 흔들리고
날개는 상처로 무겁기만 하다
발자국마다 따라오는 무덤을 끌고
그래 가자! 나의 육친
사랑하는 나의 육신의 악마여
온몸을 으깨며 추락하는 빗물로 땅에 떨어져
결국 흙의 이빨에 물어뜯기고 말
나는 나의 시신을 쪼아 먹는
한 마리의 쫓기는 검은 새이다

강

어머니가 죽자 성욕이 살아났다
불쌍한 어머니! 울다 울다
태양 아래 섰다
태어난 날부터 나를 핥던 짐승이 사라진 자리
오소소 냉기가 자리 잡았다

드디어 딸을 벗어 버렸다!
고려야 조선아 누대의 여자들아, 식민지들아
죄 없이 죄 많은 수인(囚人)들아, 잘 가거라
신성을 넘어 독성처럼 질긴 거미줄에 얽혀
눈도 귀도 없이 늪에 사는 물귀신들아
끝없이 간섭하던 기도 속의
현모야, 양처야, 정숙아,
잘 가거라. 자신을 통째로 죽인 희생을 채찍으로
우리를 제압하던 당신을 배반할 수 없어
물 밑에서 숨 쉬던 모반과 죄책감까지
브래지어 풀듯이 풀어 버렸다

어머니 장례 날, 여자와 잠을 자고 해변을 걷는 사내*여

말하라. 이것이 햇살인가 허공인가
나는 허공의 자유, 먼지의 고독이다
불쌍한 어머니, 그녀가 죽자 성욕이 살아났다
나는 다시 어머니를 낳을 것이다

* 카뮈 『이방인』의 뫼르소.

쥐약

시 낭송을 하고 온 날이면
꼭 시장에 나가 쥐약을 팔고 온 것 같다
요즘 세상에 쥐가 어디 있는가
나의 삶은 사뭇 육체적으로 변해 버렸다
심각한 포즈, 은은히 떨리는 음성
문학을 심사하고 우수 추천 시인 목록을 쓰고
특강을 하고
독자가 보낸 문자에 감동까지 주고받고 나면
쥐약 장사의 수완만 날로 눈부신 것 같다

전기 플러그 뽑듯이
뽑아 버릴까. 시퍼런 달변의
혀! 햇살이 직선으로 쏟아지는 광장과
재앙의 박수 소리!

맨몸으로 젖가슴만 두 팔로 싸안고
진흙 속에 잠자다 뒹굴고 또 잠자는
빗방울일까
깊은 숨결일까

내 소유가 아니어도 좋으니
불온한 혁명으로 입술이 붉은
파멸의 칸나를
야생의 봄을 손으로 한번 키워 볼 수는 없을까

요즘 세상에 쥐가 어디 있는가
쥐약만 맹독으로 푸르러 가고 있다

토불(土佛)

잘 가요 내 사랑
나는 진흙 속에 남겠어요
나무와 나뭇잎이 헤어지듯
그렇게 가벼운 이별은 없나 보아요
당신 보내고 하늘과 땅의 가시를 홀로 뽑아내요
끝까지 함께 건널 줄 알았는데
바람이 휘두르는 칼날에 그만 스러집니다
사랑이라는 이름조차 때로 집어등(集魚燈)처럼
사람을 가두고 눈멀게 하네요
나 모르는 것을 숨기고 있다가
진흙탕, 가장 깊은 진흙탕에 넘어뜨리네요
더 이상 갈 곳 없어 광활한 심연
꽃도 죄도 거기 녹이며
검은 씨앗으로 나 오래 어둡겠어요
당신이 또 다른 이름이 되어 가는 동안
홀로의 등불을 홀로 끄고 켜는
작은 토불 되어 뒹굴겠어요

회오리 꽃

나는 좀 미쳤나 보다
꽃 속으로 들어가 꽃이 되고 싶다
꽃 속으로 들어가 대낮이 되었다가
순간에 격렬하게 시들고 싶다

방금 건져 올린 햇살 속
물고기 비늘 싱싱한 몸짓
허망을 향해 파르르 항거하는
꽃 속에서 까맣게 웃고 싶다

꽃 속으로 들어가 꽃이 되고 싶다
찬란한 개화가 되고 싶다
허공에 닿자마자 변질의 냄새를 풍기는
한 떨기 입술
시시각각 상처가 빛을 뿜는
가뭇없는 회오리 꽃이 되고 싶다

동물원

동물원 철창을 덜컥 열어 버린다
인간의 손에 더럽혀져 습관적으로 재롱을 떨던
동물들 한꺼번에 거리로 기어 나왔다

그런데 정말 믿을 수 없는 일이군
우리야 어쩔 수 없이 이렇게 되었지만
당신들은 왜 이 짓을 하나
거리에 나온 동물들이 당황하여
노기를 띠고 으르렁거린다

충혈된 눈알을 굴리며 누군가 던져 주는
죽은 살코기를 덥석덥석 무는 사람들을 보며
어디가 진짜 동물원인가 길을 잃는다

비겁과 순치로 음험한 도시
맹수의 본능으로
그만 누군가를 물어뜯을 것만 같다

차라리 동물원에 그냥 있을 걸 그랬다

먹이 한 덩이로 목구멍을 지배당하고
가끔씩 야생의 습성이나 연기해 줄걸

목구멍을 책임진다는 것은 잔인한 일이다
하지만 스무 살 무렵에 벌써 죽어
일흔 살이나 여든 무렵까지 매장만을 기다리는
꼬리 잘린 동물이 빈 창자를 움켜쥐고 돌아다니며
심지어 시를 쓴다고 끙끙대는 꼴까지 보게 되다니

아포리아 역

올 여름엔 휘늘어진 버드나무 아래 앉아
부처처럼
부채처럼 바람을 배워야지

왜 부처를 배워야 하나
내가 곧 부처라는데

그런데 나는 늘 뜨겁기만 해서
어디론가 떠나고만 싶어서
부처처럼
부채처럼 시원한 그늘을 배워야지

노마드*도 한낱 유행이라
세계의 공항들은 이미 장터처럼 붐비고
나를 찾고 싶어 떠나왔다는 얼치기들이 버린 차표로
대도시 쓰레기는 반을 채운다네

하나같이 닿는 곳은
아포리아** 역

결국 은자(隱者)가 새로운 길일지도 모르지

올 여름엔 홀로 휘늘어진 버드나무 되어
부처처럼 부채처럼
일가(一家)를 이뤄야지
앉아서 천리 길 당도해야지

* 자기를 부정하며 끝없이 떠나는 방랑, 유랑민.
** 통로가 없는 것, 길이 막힌 것을 뜻하는 그리스어.

알 수 없었다

진실로 내가 위험한지 알 수 없었다
눈에는 안 보이는 이 매끄러운 떨림은 무엇인가
방울뱀처럼
나는 늘 내가 두려웠다
내가 나를 믿을 수가 없었다

군집을 벗어나
뱀처럼 자갈밭을 온몸으로 밀고 가 보아도
맹독(猛毒)으로 똬리를 틀고
시간을 통째로 녹이며 허공을 울어 보아도
무엇을 향한 것이었을까

오직 빛나는 질주가 되고 싶은
아름답고 시퍼런 비늘

알 수 없었다
입술 붉은 장미를 씹으며 방울 소리를 내며
빗금 찬란한 상처가 전부일 뿐이었다

진실로 내가 위험한지 알 수 없었다
눈에는 안 보이는 이 슬픔의 덜미는 무엇인가
왜 치명의 고독 속에 꿈틀거려야 싱싱한 생명일까
언제나 나 홀로가 전부여야 할까

구두 수선공의 봄

어디로 간다지?
어디면 어때
송곳처럼 서 있는 자리! 발바닥이 밀고 가는 조각배!
임시정부 아닌 임시전부!
여기가 모든 혁명의 시발점이지
봄날, 왕의 행렬을 구경 나온 여자처럼 뜨갯감을 손에
들고
누군가 무엇을 뜨십니까? 물으면
더듬거리다가 여러 가지, 아니, 아무거나
예를 들면 수의*라고 대답하지
모래시계를 뒤집어 놓고
모래들이 위에서 아래로 내려오는 동안
반복 같지만 실은 새 톱니가 새 모래를 물어뜯는
반복, 무수한 익명들의 낮과 밤
온갖 냄새와 잠과 침대와
구두 수선공의 헛수고가 웅웅거리는
모래들의 신음
여기가 어디지?

어디면 어때?

* 찰스 디킨스의 『두 도시 이야기』.

가을 옷

내가 가진 모든 옷들이 헐렁하다
너와 나 사이
서늘한 기억이 많다는 것을 알았다

내 몸을 더듬는 철새들
퍼덕거리는
슬픔의 감촉들

땅 위에는
더 많은 사랑이 필요한 것 같다

고독을 이빨로 깨뜨린다
견과처럼 딱딱하다

오묘한 쓴맛을 오래 씹으면
약처럼 떠오르는 이름들이 있다
하나하나 신의 이름처럼 불러 준다

사랑과 미움

이런 것들에다
정성껏 갈색 붕대를 감아 준다

옷을 더 두껍게 입어야 하나
기억은 자꾸 헐렁하고
벌판은 홀로 풍성하다

나의 화장법

마치 시를 쓸 때처럼
나의 화장법은
먼저 지우기부터 한다

빈자리에 한 꽃송이 피운다

고통이 보석 지팡이가 되고
가난이 장미가 되는 젊음*을 불러온다
신비한 샘물이 새로 차오르는
달의 계단을 즐긴다

기실 시법(詩法)은 길이 없음을 알고 있다
길을 만들려고 할 뿐이다
이게 뭐죠?
어때요?
온몸으로 질문을 던질 뿐이다

오묘한 나만의 이미지와 여백을 만들고
그리고는 누군가 매혹 때문에

한 꽃송이 속에서
그만 길을 잃어버리게 하는 것이다

* 릴케.

망자의 섬

안개의 섬에 한 시인이 묻혀 있다

늘 떠도는 섬이었던 시인
늘 떠도는 섬이 되었다

한때 시인 중의 시인
한때 독재자를 찬양한 시인
검고 축축한 정신병원을 떠돌다
망자의 섬*이 되었다

연인도 따라와 곁에 묻혔지만
죽음까지 따라온 사랑이지만
오직 영원한 망각이다

삶이 끝나고 죽음이 시작되는 것이 아니라
삶이 끝나면 죽음도 끝이 난다

* 에즈라 파운드가 묻힌 베네치아의 섬 이름.

2부 늑대 여자

나의 펜

나의 펜은 페니스가 아니다*
나의 펜은 피다

하늘이여 새여
먹어라

아나! 여기 있다
나의 암흑
나의 몸
새 땅이다

너에게 주는 선물이다

두 번은 없다

* Pen is penis 변용.

늑대 여자

늑대를 숲 속의 빈터*라고 생각해 보자
사랑 때문에 심장을 도려낸 여자라고 생각해 보자
가보(家寶)로 내려오는 북을 찢고
적국의 밀림 속에 신방을 차린
번개나 태풍!
울부짖는 달그림자라고 생각해 보자

빙하기가 끝나 이윽고 흙 속에서 떠오르는
여자 시인의 족보에서 찾아보자
그녀가 아이를 만들 때
신은 관객! 침묵과 상처를 물어뜯으며
그녀가 시를 만들 때
천둥이 되어 계곡을 굴러갈 때
번쩍이는 야성의 물결이라
핏빛 위험한 노래라 생각해 보자

* 마크 롤랜즈의 『철학자와 늑대』.

여시인

여시인으로 사는 것은
몸 없이 섹스를 파는 것인지도 몰라

아무리 깊고 아름다운 시를 써도
사람들은 시보다는
시 속에서 그녀만을 좀 맛보려 하지

그녀의 시 속에
새 아이가 숨 쉬고 있는 것도 모르지

여시인의 독자는 신(神)!
그의 박수가 조금 있기는 하지

나비들을 위한 레퀴엠

한겨울인데 뇌우가 쳤다
벌겋게 달구어진 난로를 맨몸으로 덮고
담요는 짧은 수명을 다하고 말았다
결혼 선물로 받은 꽃담요 속 초원을 날던 나비들이
불속에서 사산한 별똥별처럼 쪼그라들었다

성난 발길이 난로를 걷어차는 순간
광기의 붉은 혀 속으로 꿈 사랑 행복…… 가뭇없는
추상어들이 난분분 난분분 사라졌다

길길이 뛰던 무법자의 발길은
이윽고 어딘가를 향해 유유히 떠나갔다
쾅! 하고 문을 닫는 순간
천 개의 문이 함께 닫혔다

이리도 해맑은 순간이 있다니
폐허에 홀로 선 그녀는 천형의 문자족(文字族)
치유 불능의 표현 욕구에 전신이 떨렸다

이 상징적인 풍경을 어떤 언어로 묘사할까
제목을 부부 싸움이라고 하면 낭만적이고 징그럽다
꽃담요 속 나비들이 소신공양을 마친 겨울 한낮
절묘한 시의 전리품 앞에 서서
그녀는 끝내 발표 안 할 시 쓰기에 골몰했다

두 사람이 같이 산다는 것은 기적이다*
날마다 기적을 만들려고 했던 그녀는
마녀처럼 치마를 펼치어 식식거리는 불씨를 덮었다
곁에서 우는 아이들의 손목을 힘주어 잡았다
여기서 살기로 했다
이 무모하고 황홀한 진흙탕을 두고
어디로도 떠나고 싶지 않았다

* 에이드리언 리치: 미국 여성 시인.

빵

골짜기마다 신을 앉혀 보아도
어김없이 지는 해 아래
하루에도 천 개의 절벽이 생겨나고
만 마리의 이리가 질주하는 밀림이 태어난다

한 덩이의
빵을 구하기 위한 행렬은
오늘도 뱀처럼 길다
결국 빵 한 개를 위해
겨우 빵 한 개를 위해
그 아래 사는 일은 무엇인가

무한 평등의 낮과 밤
황금 밀밭에서
죄 없는 햇살을 받고 자란
꽃이지만 꽃 이상이고
별이지만 별 이상인
한 덩이의 흥망성쇠
우리를 미래로 건너가게 하는

빵!

시?

가을 폭설

네가 돌아왔다
지금 내 앞에 앉아 있다
깊이 숨긴 손을 힘들게 꺼내더니
침묵 속으로 도로 집어넣는다

가을 폭설이다

너를 만나려고 나무 계단을 오를 때면
고양이처럼 삐걱이던 열망들

미처 제 이름을 찾지 못해
안개처럼 떠돌다 말라 버린 첫사랑이
파란만장과 전전긍긍을 돌아 돌아

여기 돌아왔다
곧 다시 날아갈 듯 가벼운 날개로
한 번도 떠난 적이 없는 네가 눈부시게 쌓였다

이혼 앞둔 여시인

이혼 앞둔 여시인은 말하네
고통, 네 덕에 여태 살았다
고통? 네 덕에라니? 눈물 나게 화려한 수사를 따라가다
다시 아침 신문을 자세히 보니
아흔 앞둔 여시인은 말하네
식민지에 전쟁, 궁핍과 수탈의 소용돌이를
시로 새긴 아흔 앞둔 여시인은
이것이 연단과 정화와 성숙이었다고 말하네
아직은 아흔보다 이혼이 더 절박한 나의 아침은
유효기간이 끝난 찰떡같은 결혼 생활을
독바늘을 꺼내어 찌르고 있네
결혼의 정수리를 따라 길게 뻗은 철로를
불꽃 망치로 내리치고 있네
내가 나를 겁주는 식민지와 전쟁이 두려워
성모욕 없이는 유지 안 되는 쇠사슬을 끊지 못해
이혼, 아니 아흔 앞둔 여시인이 되기 전에
나는 말해야 하네
이혼이든 아흔이든 시 아니거든 너희들조차
홀연 저만치 물러서거라!

마리안느의 속치마

― 프랑스 우표에 부쳐

속치마는 달이 차고 기우는 것이 보이는 바다
야생을 감싸는 그림자 숲이다
레이스로 지은 암컷들의 숙소이다

가끔 비밀 무기들이 출몰하여
부서뜨린 궁전의 커튼이다
그 커튼을 젖히고 보면 뜻밖에
젖통 아닌 전통이 흐르고 있음을 알게 된다

속치마 벗어 버리고
두려움도 벗어 버려라
햇살 아래 자유로운 젖가슴들아

오늘 새로 나온 프랑스 우표 속에서
출렁이는 자연스런 구릉과 광활한 대지여

좁고 음침한 골목에서 음낭 하나로
거드름을 피우던 수염쟁이들이

편지를 부칠 때마다
마리안느,* 그녀의 엉덩이를 핥게 될 것 같다

* 프랑스 혁명 정신인 자유·평등·박애를 상징하는 여성상. 페멘(Femen)
이라는 단체는 외설과 성 착취로 이용당한 여자의 몸을 여자에게 돌려주
자는 구호를 외치며 거리에서 옷을 벗었다. 그때 옷을 벗은 반라의 여성
이 프랑스 우표에 얼굴(2013. 7.)로 등장했다. 자작시 「속치마」를 다시
뒤집은 시임을 밝힌다.

결혼한 독신녀

쉬잇! 조용히 해 주세요
실수하는 재미도 없으면 무슨 인생인가요
상처와 고통이 혀를 태우는
매운 양념으로 비빔밥을 버무리어 땀 흘리며 먹는 것
이것이 결혼인지도 모르겠어요

우연과 우행으로 덜컹거리며
사막도 식민지도 아닌 땅을 걸어가며
어버버! 입술을 더듬거리며
모래바람 끝도 없는 질문 하나 들고
사방을 두리번거리는 것
이것이 행복인지도 모르겠어요

황소 등에 올라탄 쥐처럼 살기 싫어
황소처럼 가다 보니
결혼한 독신녀가 주소입니다

무임승차 비슷하게 따라다니며 밥을 나눠 먹고

가끔 창밖을 함께 바라보는 것도 괜찮을까요
무엇이건 예고도 없이 종점이 다가들고 말겠지만요

불을 만지고 노는 여자

여자가 낳은 자식은 여자의 자식, 사내들은 무언가 한 방울을 섞
었지만 증명할 길이 없어 자신의 성씨(姓氏)를 부여했다.
어머니는 위대하고 모성애는 성스럽다며 굴레 씌워 가두어 버렸다.
— 엥겔스, 엘리자베스 바댕테르

여자가 시를 쓰는 것은
불을 만지고 노는 것과 같다
몸속에 키운 천둥을 홀로 캐내는 일과 같다
소리 없이 비명처럼 내리는 비로
땅 위에 푸른 계절을 만드는
여자가 시를 쓰는 것은
비상벨을 눌러
감히 신과 키스를 하려는 것과 같다
이것은 죄는 아니지만 위험한 일이므로
문학사는 오랫동안
여자의 시를 역사 밖으로 던져 버렸다
여자의 시는 비와 눈과 안개와 폭풍처럼
천재지변처럼
우주를 떠돌았다
문학사의 낡은 페이지보다
눈부신 처녀림으로

퇴근 시간
— 신사임당이 어우동에게

저녁 현관문이 열리고 결혼이 들어온다
추위와 무더위 속에서도 굳건한 고려와 조선과
일렬횡대의 전주 이씨 족보가
든든한 서방님이 돌아오신다
신사임당이 어우동에게
시(詩)를 숨기고 나가 있으라 눈짓한다
신사임당이 소매를 걷고 부엌으로 들어간다
풋고추 도마 위에 난도질하여 찌개를 끓인다
우리의 하늘이 전쟁터에서
오늘도 무사히 돌아오셨다
몇 가지 전리품을 챙겨 넣었는지
그의 어깨가 유난히 무거워 보인다
조요로운 가화만사성 속에
찌개가 요동을 치며 끓어 넘친다
신사임당의 행복이 청국장처럼 보글보글 끓는다
어우동이 저만치 코를 막고 물러서 있다

첫 불새
── 정월 나혜석 언니에게

이 길에 핀 꽃들은
눈 가진 자에게만 불을 보여 준다
천년 빙벽에 온몸을 던진
첫 불새를 볼 수 있는 이 아직 많지 않다
여성은 홀로 태양이다
여성은 그림자를 따라 도는 달이 아니다
큰 눈을 뜨고 이 땅에 돌아와
먼 나라 블루 스타킹*도
히라쓰카 라이초의 세이토**도 놀랄
눈부시고 새로운 하늘, 맨몸으로 열어젖히다가
무연고 병동에서 행려병자로 사라진 날개!
하지만 아직도 해가 아니라
해 주위를 빙빙 돌거나
제비족들에게 혼수를 바리바리 싸 들고 가는
기생(寄生)과 기생(妓生)족들 우글거리는 땅
드디어 대통령도 여자라지만
젠더냐? 섹스냐? 달맞이꽃 잡풀들 무성한 사계이다
천년 빙벽에 박힌 이 땅의 첫 불새!

그리운 우리 나혜석 언니!

* 18세기 영국에서 문학 하는 여자를 경멸적으로 이르던 말.
** 1911년 독립적인 존재로서의 여성을 선언했던 일본의 인권 운동가 히라
쓰카 라이초(1886~1971)가 펴낸 잡지 《청탑》. 나혜석에게 큰 영향을 줌.

시인 허초희

― 난설헌을 그리며

한겨울 아니어도 뼈가 얼어요
부용당엔 늘 슬픔처럼 부들이 솟아요
좁은 나라 여자로 태어난 것도
떠난 사람을 그리는 것도
신산한 수틀 속의 연꽃이어요

일곱 살에 이미 놀라운 재능
열여섯에 시집와서 눈물과 비탄으로
양처도 기녀도 아닌 조선 규중의 유일한 여성 시인
난설헌 시첩 속 숨결이어요

꽃은 죽어도 향기는 남고 신선의 세계도 알지만
섬섬옥수 천리 길
곡예 잘 부리는 세도가와 패거리들 속에
아버지와 오랍동생들
태풍 속에 어이없이 지고 말았지요

몰락과 학대와 불행의 파고 속에

시혼(詩魂)이라니요
규방의 절규는 스물일곱 해로 멈추었어요

인간으로 태어나 무엇을 배우고
제 이름으로 글을 쓴다는 것은
빙설처럼 높고 빛나는 일이지만

허초희! 이름 석자 꽃불 태워 없앴어요
무엇을 남기어 입초시에 오르내리는 일
부질없고 부질없어
가련한 새끼들 무덤 곁에
그냥 나란히 누울 뿐이어요

이웃 나라 눈 밝은 사람들 시 읽고 탄복한다지만
머리칼마다 파고드는 우박은 치웁고
세상은 여전히 뻘밭입니다

조선 땅 500년은 딸들을 속박으로 내리쳐서

연꽃같이 깊은 허초희 하나를 피워 냈습니다

그 외, 허초희들은 흔적도 없이 뭉개졌고요

검은 꽃

── 사형수 작곡가 아내의 노래

내 머리카락 내가 뽑아 검은 꽃을 만들어요
어느 감옥, 어느 무덤에서도
시들지 않을
올올이 검은 머리 꽃 한 송이 만들어요

법보다 칼이 더 가까운 강철의 시대
밤과 밤의 혹독한 추위를 뚫고
미친 아내가 미친 머리카락으로 꽃을 만들어요

사형수 당신의 독방
드디어 푹신한 절망에 함께 누워
그다음이 어디든 당신 따라가려고
피 솟고 그 자리 검은 벽을 비집고
검은 꽃을 피워요

이 땅에 한때 이런 꽃 참 많이도 피었지요

천재들의 아내

스토리는 멜로의 근친이 되기 쉽지
뷔페 음식처럼 과장의 목걸이이지
하지만 불운한 두 천재들의 뮤즈?* 그녀의 스토리는
슬프고 빛나는 폭탄
내 보석 상자에서 지금도 숨 쉬는 뙤약볕이네
오랜 뉴욕 체류를 마치고 파리를 거쳐
서울로 돌아가는 참이었어
누군가 차갑고 도도한 그녀에게 나를 시인이라고 소개
하자
이상도 하지, 순간 그녀가 몸을 돌렸지
마침 당신도 내일 파리에 갈 거라며 루브르에서 보자고
했어
그렇게 파리에서 그녀를 다시 만났지
센 강을 건너 카페에서 차를 마시며 식민지와 폐허를
좁은 골목들을 발이 아프게 따라 걸었지
도무지 한국 여인 족보에는 드문 오만한 지성
강렬하고 매혹적인 안목에 자주 발을 멈추었지
사람의 몸에 그렇게 많은 눈물이 있는 줄 몰랐다!고 말
할 때

무희가 춤추는 지땅**의 연기를 길게 내뿜을 때
입술에서 떨어지는 슬픔의 독을 보고 말았지
폭풍처럼 사납고 은밀한 년대! 상어 이빨 같은
상처와 모더니티로 피어난 데카당의 꽃!
무엇이 먹고 싶어? 물었을 때 "센비키야의 멜론"이라며
눈을 감은 29세 시인 이상(李箱)의 요절을 안았던 그녀
를 따라
초현실도 광기도 없이 도발적으로 패셔너블한
스카프를 목에 감은 나의 젊음은 산산조각 났지
수많은 푸른 점을 찍어 한 세계를 열다가 떠난
사랑하는 화가의 미술관을 세우고 있는 그녀가
건초 더미에 방화를 했던 여름
불타던 그녀의? 나의 머리칼!

* 변동림(1916~2004): 수필가. 1936년 시인 이상과 결혼. 1944년 화가
  김환기와 재혼. 필명 김향안.
** 프랑스 담배.

우리 순임이

일찍이 농촌을 떠나와
그때 막 시작된 산업화 시대의 여직공이 되어
밤낮으로 수출 공장에서 일을 했던
우리 순임이

그녀의 거북 등같이 주름진 손을
오늘 저녁 TV에서 보았다

초로의 할머니가 되어 마을 회관에서
동네 노인들과 복분자 술을 나눠 마시고 있었다
동남아 며느리가 낳은
눈이 약간 검은 손자를 자애로이 품에 안고
글로벌 시대, 뭐 그런 이름은 굳이 몰라도 좋지만
넉넉하고 따스하게 다문화 가족을 이루며
그때처럼 국제화 시대를 먼저 살고 있었다

내가 대학을 나오고
세계 문학을 기웃거리며
흰 손으로 시를 쓰는 동안

아줌마
── 인류학자 벤자민 주아노에게

허공으로 뻗친 팽나무의 힘으로
어느 노을인들 감아올리지 못하리
꼬불거리는 파마머리 둔중한 허리로 늘 뒷줄에 서서
속으로 비명을 녹이다가
할 수 없이 차지한 펑퍼짐한 그늘
염치도 예의도 교양도 버리니
고무줄 바지처럼 편하고 뻔뻔한 오후

내 손으로 다려 입힌 흰 와이셔츠와 넥타이들이 만든
문밖은 늘 전쟁터요 뻘 같은 장터여서
달팽이처럼 집과 새끼들 송두리째 머리에 이고
막무가내 두 팔 휘젓고 걸어가느니
당신이 어찌 알까?
6·25 5·16…… 88대교 빨리빨리 건너고 건너
이 땅에는 남자와 여자 그리고 아줌마라는
또 하나의 종족이 있다는 것을

딸

딸아 딸아
내 따라*
다라관음(多羅觀音)
눈물에서 태어난 보석아

눈에 도로 넣어도 아프지 않을
영원한 소녀
버들잎 방울방울 초록의 아픔으로
남몰래 떨어지는
눈물방울아

기쁨으로 꽃을 피우고
슬픔과 고통으로 씨앗을 맺는

따라따라
내 딸아
마른 땅을 적시는
영롱한 강물아

* 따라(tara,多羅): 범어(梵語). 우리말 딸의 어원.

세 사람이 함께 쓴 시

문학사?
됐어*
그냥 시면 돼
몰라도 돼

시 작법?
그런 건 없어
유일한 참된 충고자
고독이 하는 말을 들으면 돼**

* 조지프 콘래드가 에밀리 디킨슨에 대해 한 말.
** 말라르메가 발레리에게 한 말.

나의 자궁

유럽 다큐 채널이 서재를 찍겠다고 찾아왔을 때
서재는 나의 자궁이라며 정중히 거절했다
감독은 예술적인 각도로 카메라를 들이대겠다며
자궁보다 기적을 찍겠다고 했다
17층 공중에 떠 있는 자궁!
창밖은 전망이 아니라 뒤엉킨 시멘트 부동산들
책들이 패잔병처럼 제멋대로 눕거나 포개져 있는
거기 나는 쫓기는 검은 개와 살고 있다
옆방에서 남편이 코를 골고 방귀를 뀌고
채무자와 채권자와 큰 소리로 전화를 하고
이빨 가는 소리 방치한 곳
음식들은 진종일 쉰 냄새로 쳐들어오고
화장실은 오물을 내릴 때마다 정교하게
나의 감수성을 함께 훑어 내린다
아직도 자기만의 방이 없는 나의 평화는
그 사이에 있다
커튼을 내리다가 커튼을 올리다가
칭얼대는 아기 입에 젖꼭지를 쑤셔 넣으려고
안간힘을 쓰는 여자처럼

시를 쑤셔 넣으려고 안간힘을 쓴다
내가 보여 줄 수 있는 것은 산만과 절망의
악전고투! 운명을 건 한판 혈투!
아무리 명감독이라 해도 이 악천후를 찍을 수 있을까
악천후가 아니라 기적을 찍겠다고? 그렇다면
정작 고민은 그가 해야 할 것 같아
아나 찍으시오! 나는 자궁을 활짝 열어 주었다

3부 침대

돼지

나는 지푸라기로 만든 돼지인지도 모른다

두근두근 살아 있는 시계를
번번이 쭈그러뜨린
손, 혹은 은박지같이 구겨진 뼈인지도 모른다

천명(天命)을 모르는 작은 짐승으로
끙끙거리다가
이윽고 연기가 되어 허공으로 올라가고 있다
추구(芻狗)*처럼

다가드는 시간을 미래라 부르지 않고
노후나 여생이라고 부르는
무산자의 가을이다

내리치는 둔도 아래
비애의 엽록소들이 부서진다

* 중국에서 제사 때 쓰고 태워 버리는 짚으로 만든 물건.

뚱뚱한 시인

시인 M이 뚱뚱한 것은 고독을 과식한 탓이다
슬픔을 쉴 새 없이 갉아먹은 탓이다
자유는 혼탁하고 말에는 고통이 섞여 있어
동굴 속에서 홀로를 파먹은 탓이다

시인 M은 관념으로 꽉 찬 기형의 머리를
늘 의자에 앉히고 의자와 함께 늙어 간다
탱자 가시처럼 날카로운 편견과 편애로
폭양과 폭력에 항거하며
사철 빙벽 속에 산다

그러므로 뚱뚱한 시인 M을
권력의 비호를 받지 못하면 비칠거리는 두루미나
일생 동안 여당(與黨)만 하는 목이 긴 당나귀 따위나
시시하게 세련된 기린 족속과 비교해선 안 된다

구조대장의 시

지하 700미터 탄광에 매몰된 광부들을
69일 동안 손톱이 빠지도록
모두 파낸 후
구조대장은 소리쳤다
미시온 쿰푸리다! 임무 완료!
33명의 광부들이 지상으로 살아 돌아온 순간이었다
햇살에 땀을 닦으며
병아리가 달걀을 깨고 튀어 나오는 줄탁! 같은
칠레 광산 구조대장의 말을
지상의 TV가 모두 생중계했다
천 길 땅속에서 알알이 귀한 시를 캐낸
구조대장의
미시온 쿰푸리다!
내 사랑! 임무 완료!
그날 지구는 그 한 편의 시로 눈부시었다

침대

가건물처럼 다가든 아침이다
불안과 불면이 구겨져 있는 침대에
밤새 짐승의 비명이 흥건하다

대강 임시로 구축된 가구들
구정물을 쏟아 내는 TV가 수호신처럼 곁에 있다

하수구와 쓰레기가 정리된 도시에
언제 한번 살아 볼 수 있을까

아침은 거르고 점심은 때우고 저녁은?
헛배가 불러 술만 몇 잔 들이켠다
허둥거리다가 얼떨결에 떠날지도 모른다

희망이라고? 저 혼자 굴러다니다가
저 혼자 낡아 버리는 요술 단지?
이 소모의 끝은 또 침대일 것이다

그렇다면 죽는다는 건 진짜일까

모르겠다

천진불(天眞佛)

— 네 살 난 이거인에게

천장 가득 흰 연꽃 등 매달린 법당 안
둥근 스님이 둥근 나무통을 두드린다
금빛 인형들을 향해 두 손을 모은다
일제히 고개를 수그린다
과일과 떡이 차려진 상 위에서 촛불이 흔들린다
아이는 신나는 파티가 벌어진 줄 대번에 알았다
상 위로 올라가 방방 뛰었다
"해피 버스데이 투 유"
노래를 부르며 촛불을 푸푸 불었다
순간 엄마가 질색을 하며 아이를 끌어 내렸다
"할아버지 제상에서 노래 부르면 안 돼"
더 놀려고 버둥거리는 아이를 끌고
법당 밖으로 나갔다
"해피 버스데이 투 유…… 더 할 테야"
아이는 연꽃 등 쪽을 가리키며 앙앙 울었다
천진불이 온 것을 아무도 몰랐다

빈집

머리를 길게 늘어뜨리고
길고양이들에게
저녁밥을 주러 간 친구를 기다리며
골목 끝 빈집을 들여다본다

목련꽃 흰 살점들이
허공을 타고 내려오는 밤
누구일까
이리도 환한 마침표를 찍고 떠난 사람은

차갑고 얇은 슬픔을 줍는다
무언지는 모르지만 잃어버린 것이 많은 나는
배고픈 길고양이들에게
저녁밥을 주러 간 친구를 기다리며
목련꽃 하얀 빈집을 한없이 들여다본다

달이 친구보다 먼저 등 뒤로 와서
노랗고 따스한 알을 살며시 쥐여 준다

페루 소녀

빗자루 하나가 가진 것의 전부인
페루 소녀!
병균이 우글거리는 빈민가 청소부로 산다
아침부터 밤까지 공동 화장실에서
지린내 땀내로 찌들다가
젖은 신 불어 터진 발로
동전 몇 닢을 쥐고 움막으로 돌아오면
찢긴 거미줄에 얽혀 날개를 버둥거리는
눈알이 까만 네 동생들

할 수 없이 아버지를 삼킨 검은 광산을
손톱으로 깨며
다시 금을 찾아 헤매다가
이게 무슨 일인가
금보다 먼저 캐 버린 시!
그만 청소년 문학 콩쿠르를 석권해 버렸으니

이런 용감한 무기를 소지한 소녀를 보았나
빛나는 시인 세샤르 바예호*를

시인의 운명을 그만 사랑하고 만 페루 소녀!

고통아! 더욱 세차게 쳐라
여기가 금세기 뮤즈가 피어나는 벼랑인 것 같다

* 빈곤과 고통을 노래한 페루 시인.

물구나무

하늘을 좀 즐겁게 해 드리려고
하늘 향해
두 다리를 활짝 벌렸다

꽃이 피면
하늘과 땅이 함께 웃으시겠지!

루비

핏빛 시간의 꽃
루비!
심장에서 태어나
심장을 태우는
불꽃의 혀*

불후의 시집 속에 넣어 두고
불면(不眠)으로 까만 밤
불에 덴 입술로
루비! 루비!
네 알몸을 삼키리라

* 니체.

구걸 명상

진흙 궁전 그늘에서 한 여인이 구걸을 하고 있다
구걸은 명상의 일종
누더기 위에 채운(彩雲)처럼 걸친
인디언 무늬 보랏빛 머플러가 눈부시다
그러니까 머플러는 수행 도구이다
내 속을 꿰뚫어 보았는지
우화(羽化)한 거북이처럼
그녀는 돌연 몸을 내 쪽으로 풀더니
맘에 들면 가져라!
머플러를 휘익 내 쪽으로 던진다
그녀가 적선한 명상 한 자락이
내 목을 감을 때
투명 하늘이 깨지는 소리가 들렸다

나는 시를 너무 시시하게 팔고 살았던 것 같다
이렇게 시원하게 잘라
순간순간 던져 주었어야 했다

명상 한 자락을 어깨에 두르고

나는 다시 길을 떠나기 시작했다

확! 살아 버려야 한다

자유로이 길을 잃을 시간이 된 것 같았다

드라큘라에게

신앙 깊은 외가 식구들이 십 년을 전도해도
잘 안 나오던 말이
처음 만난 이방의 남자가 아무렇지도 않게 꺾어 주는
먼지 묻은 차나무 가지 받아들자
순간에 튀어나오는 것
하나님, 감사합니다
이것이 무엇인지 모르겠습니다
신부의 부케처럼 차나무 가지 두 손으로 들고
14세기에 온 듯, 닭 우는 소리 들으며
담 너머 공 차는 아이들 꿈결처럼 바라보는
여기가 어디인지 모르겠습니다
천 년 전부터 살던 곳인지
자꾸 모르겠습니다
바로 옆 고성(古城)에는 드라큘라 백작이
피를 부르는 종을 울리고
부엌마다 술과 요구르트가 익어 가는 밤
내가 가진 터질 듯이 얇은
이것이 무엇인지 자꾸 모르겠습니다
차나무 한 가지가 온 봄을 흔들 수 있는 것인가요

하늘 아래 맨 모가지 꺼내 놓고
드라큘라여!
나 이렇게 걸어가면 어디에 이를까요

칼날의 시

불 속에 사는 새가 있다
얼음 속에서 날개를 펼치는 물고기도 있다
하지만 나는 너를 어디에도 둘 수 없어
번개처럼 날카로운
칼날 위에 둔다
위태하게 대롱거리는
붉은 눈물방울
이대로 내 사랑 백 년만 가거라

허공 문학 기행

허공을 걸어 다니는 꽃들을 따라갔다
앞 못 보는 사람들과 문학 기행을 떠났다
넓고 험한 지표를 흰 지팡이로 두드리며
손끝으로 시의 맨살을 만져 보았다
사랑 시만 뽑아 만든 점자 시집 들고
낭떠러지로 쏟아지는 별
콕콕 살을 쏘는 가시나무를 나누었다

눈으로 본다는 것은
사실 얼마나 못 보는 것인지
최초의 길 하나를 만드는 것이 문학이라면
희망 없어 희망 부자, 절망 없어 절망 부자인
앞 못 보는 우리들은 타고난 시인

하늘 아래 길 하나를 만들며 걸었다
어느 길이 첫길이 아니고 거기 별 또한 없겠는가
무한 천공을 배경으로 V자를 그리며 기념사진을 찍었다
실명한 가을 꽃으로 허공을 걸었다

너라는 해

해를 보아 버린 것 같다
입술로 불을 삼키고 혀로 칼을 물었다

불멸과 소멸이 이글거리는
뜨거운 흑점

세상 끝나는 날까지
어떤 축복과도 바꿀 수 없으리라

두 눈 멀어
나머지 시간
상처와 비탄으로 풍성하리라

오직 사막으로만 뚫린 문 하나를 가진
흔하고 더럽고 희망 없는 이름
사랑!

어느 절벽에 목을 걸어도

이보다 더 이상은
나는 모른다

해부학 교실

의사들은 지금 해부학 실험 중이다
사실 나는 좀 으스스하다
조금 후 내가 시 창작법을 말하는 동안
그들은 내 몸을 부위로 잘라 버릴지도 모른다

제일 먼저 실험실 문을 열고 기생충학이 나왔다
나는 그에게 기름진 곳에 번성하는
색소가 요란한 불량 과자들과
상처에 기생하는 언어에 대해 나직이 설명했다

시인과 기생충은 공통점이 많다

지방 덩어리 집단과
언어의 독소
눈으로는 쉽게 볼 수 없는 폐해에 대해 말하는 사이
안구가 곁에 와 앉았다
그에게는 현미경과 망원경을
번갈아 사용하라고 충고했다

간과 폐와 피부가 돌아왔다
그 부위들이 얼마나 중요한 것인가를 강조할 만큼
나는 상투적인 시인은 아니다
대담하게 생략하고
푸른 생명의 깊이를 직접 보기로 했다

바다는 물이 줄어 파도를 낳지 못하고 있었다
나는 감상 때문이 아니라 괜히 조금 울먹였다
꽃게 식당 주인은 꽃게를 삶아 주었다
우리는 칼끝으로 바다의 부위를 잘 발라 먹었다
해부학 시인들은 시의 속살을 세밀하게 파먹었다

무식한 엄마

자밤 자밤! 이건 밤비 오는 소리가 아니다
나물 같은 것을 손끝으로 집을 만큼 한
분량을 말하는 것이다
엄마는 늘 말했다
사람의 평생 한 자밤도 안 되더라
꼭 도둑맞고 난 저녁 같다

무식한 우리 엄마!
겨우 시작인데 죽고 싶은데, 이 사랑!
시대가 바뀐 것도 모르는 엄마
이리도 뜨겁고 무거운데
나물처럼 손끝으로 한 번 집으면
그게 평생이라니
그게 사람이라니

포크와 나이프를 쓰겠다고 대들었다
나는 나물을 안 먹겠다고
손가락 말고 도둑맞지 말고
내가 도둑이 되겠다고

무식한 엄마에게 소리 질렀다

엄마는 지금 한 자밤도 벌써 아닌
바람도 뼈도 아닌 공원묘지이다
나 잘해야 일 년에 한 번이나 두 번 거기 들러
자밤 자밤! 죄의식 털고 온다

은 캐는 마을

천년을 울고 있는 성모님을 찾아갔다
무릎으로 기어서 기어서
슬행(膝行) 기도 드리며
은 캐는 마을 타스코* 성당에 닿았다

뼛속의 광맥까지 차오르는
눈물로
오래오래 독을 씻었다

나도 한 조각 순은이 될 수 있을까
비로소 절망이 없다는 절망으로
새싹 같은 깃털 다시 솟으면
사방에 고요가 찰랑이는 땅에
두 발 닿을 수 있을까

아무렇지도 않게
사랑 따위! 툭툭 발로 찰 수 있으면
세공 좋은 은지팡이 하나 사서
침묵처럼 짚고

절뚝이며

다시 너에게로 갈 수 있을까

* 멕시코의 세계적 은산지.

바다의 아나키스트

바다 주민들은 아나키스트이다
국적도 여권도 없다
날렵한 허리 하나로 바다를 산다

집을 통째로 지고 다니는
패족(貝族)도
실은 유랑이 전부이다

바다 주민들의 이데올로기는 흐름
넓고 편한 주소를 가진
동산도 부동산도 서류 따위도 없는
무주택자들이다

사상도 자유도 걸리적거려
오직 할랑거리며
대대손손 바다를 고스란히 유산 상속한다

겨울새

늘 허공만 보아
눈이 작은 새들아
신호등도 없이
떼 지어 쾌속으로 가고 있구나

울지 마라! 새들아
어디로 가는지 굳이 묻지는 않겠다
하늘에도 공동 무덤은 있겠지

보석 상자

엄마의 관은 보석 상자처럼 작고 예뻤다
하늘에 기러기 몇 마리 울어 예는
은회색 수의 입혀
땅 깊이 묻어 드렸다

아직 기러기들과 함께 안녕하신지
가끔 꽃 몇 송이 들고 무덤에 찾아가
그리움과 함께
슬며시 죄의식도 놓고 온다

오래오래 슬픔을 뭉쳐
고요를 만들어
드디어 한 수도원이 완성되었다

돌이킬 수 없는 멜로디로
기러기 울어 예며
가끔 수도원을 날지만
엄마는 끝내 돌아오지 않는다
보석 상자처럼 작고 예쁜 관 속에 있다

다큐 무대
— 자카르타의 기억

부리가 긴 새가 고목을 쪼듯이
이국의 카메라 앞에서 시를 읊는다
나 혼자 아는 모국어로 새처럼 숲을 지저귄다
자카르타의 왕궁 숲 청중은 유칼립투스
넝쿨손 개미귀신 곤줄박이 도마뱀 송충이
내가 이렇게 많은 독자를 거느린 우주적 시인이었나
돌들도 바위들도 귀를 잡고 일어선다
번역도 해설도 없는 열광의 무대이다
새에게 울음의 의미를 묻지 않듯이 이대로 감동이다
그래도 아나콘다 코브라까지 모여들기 전에
서둘러 시 낭송을 마쳐야 할 것 같다
시 낭송을 마치고 나도 얼른 원시림의 시를 감상하고 싶다
새들과 동물들 풀들의 시를 듣고 싶다
여기는 이심전심 울창한 야단법석이다
이국 다큐 카메라에 포획되어
나 홀로 나를 지저귄다

칸나

칸나를 사러 가네
연애를 해도 외로워
연애도 싫어

사랑은 없고 스캔들만 무성한 시대
정사도 정사도 가뭇없기는 마찬가지여서
나 오늘 칸나를 사러 가네
하늘의 심장을 만지러 가네

사랑은 꼭 신고한 사람과 해야 하나
사랑과 서류와는 상관이 없다고 말하려다
태양의 뿔 하나를 사러 가네

칸나가 핏빛인 것은 우연인가
땅 위의 모든 것이 참 의미심장하네

붓다는 오직 비었다고 했고
야소는 사랑의 죄를 대신 졌지

뜨거운 이 피로 나는 무엇을 좀 해야 하나

칸나를 사러 가네

연애를 해도 외로워

연애도 싫어

사막의 신호등

겨울 백화점 앞 자선냄비가 입을 벌리고 있다

사랑을 나눕시다!
사랑은 나눌수록 커집니다!
정말 그럴까? 사랑은 나눌수록 작아지던데?

한 남자와 한 여자가 입술을 사이에 두고
섹시하게 종을 흔든다
사랑을 나눕시다가 살을 나눕시다로 들린다

인간은 참 뻔뻔하고 세상은 오염되었다
바다, 하늘, 땅, 북극 얼음과 쓰나미를 걱정하지만
가장 더럽혀진 것은 인간인지도 모른다

검은 코트가 단추를 열고 가까스로 속살 한 점을 떼어
입술 속에다 집어넣는다
잊지 않고 자선의 기쁨을 거슬러 간다
벙어리장갑이 타 타 타 백동전 소리를 연주한다
광물 도시의 밑바닥을 두드리는 저 소리가

동파를 막을 수 있을까
힐링을 소비하고 위로를 사기 바쁜 시대
겨우 던진 몇 낱의 살점도 자기 기쁨을 위해서라고
겸손한 척 말할 줄도 안다

자선냄비가 섹시하게 입을 벌리고 있다
겨울 백화점 앞 신호가 바뀌기 무섭게
사막의 누 떼들이 빙판을 건너간다

4부 겨울 호텔

뒷모습

머리에 검은 칠을 해 달라며 남편이
송충이같이 꿈틀거리는 염색 솔을 쥐여 준다
계절이 내 앞에다 누런 갈대숲을 들이민다

슬픔은 최고의 진리*라
이윽고 여기에 도달했다

짐승들 뛰어노는 벼랑에서 살아남아
손바닥 한쪽을 살며시 땅에다 갖다 대기 위해
가을 잎도 바람에 몸을 맡긴 날

위대한 항해의 닻을 여기에다 내린다
이 항구에 이르기 위해
그 많은 해 이글거리고 태풍 울부짖었는가

* 오쇼 라즈니쉬.

나비 시인

도산공원 앞에 차를 세워 놓고
당신을 기다리는 사이
나비 한 마리 차 안으로 들어왔다
스스로 신화를 쓰는 존재?
허공에다 알을 낳으려는 시인처럼
나비는 여린 날개로 허공을 밀며
혼신을 다해 무언가를 표현하려 했다

언어의 탑을 쌓았다가
가벼이 무너뜨릴 줄도 알았다

나비는 신이 보낸 우표이다
멀고 신비한 주소로부터
떠나간 이들의 소식을 전해 주는
저승의 언어를 알아듣는 슬픈 수염도 가졌다

당신을 기다리는 사이
도산공원 앞에 차를 세워 놓고
나비를 따라 천년을 다녀왔다

토요일 오후의 엘리베이터

일주일 치의 채소와 고기와 물을 사 들고
토요일 오후 헐떡이며 아파트의 엘리베이터를 타 보라
삶이란 위(胃)에다 음식을 채우고 버리는 것이 전부라는
생각
이것이야말로 경건한 현실이라는 생각이 든다

하늘에 늑대 눈알 같은 회색 구름 떠가는
토요일 오후, 채소와 고기와 물을
일주일 치의 똥을 한 아름 안고 엘리베이터를 타 보라
삶이란 상승과 하강의 반복
결국 배에다 똥을 넣으려고
일주일 동안 수없이 머리를 조아리고
날개도 없는 두개골로 불길한 울부짖음으로
잠시 눈부시지만 쉽게 부패하고 마는 삶이란
이게 뭐지? 뭐하는 거지?
상투적인 질문의 반복이 전부라는 것을 알게 된다

겨울 호텔
— 상트 페테르부르크에서

절뚝이며 따라온 달 속에서
밤새 늑대가 울어요
백야처럼 눈부신 무희의 맨발이
하늘도 뚫을 만큼 빛나는 시인의 이름을 불러요

신의 손으로도 만류할 수 없던
미친 사랑의 끝은
왜 고작 결혼이어야 했을까요
번쩍이다 사라지는 오로라일 뿐이었을까요

이 세상에서 죽는다는 것은 새삼스러운 일이 아니지
하지만 산다는 것 역시 더 새삼스러울 것 없는 일이지*

팔목을 가르고 피로 쓴 천재의 절명 시가
차가운 무명 시트처럼 깔려 있는 겨울 호텔

아무것도 없네요
어두운 불빛 속 절뚝이며 따라온 달 속에서

늑대들이 시베리아처럼 울부짖을 뿐……

* 예세닌의 시. 이사도라 던컨과 첫 밤을 보낸 앙글르테르 호텔방에서 자
살로 생을 마감한다.

해피

행복 시대를 열어 주겠다고 공언한
정치가의 말을 안 믿을 수가 없다
그는 약속을 지키는 사람이 되겠다고 약속했기 때문이다
그런데 행복이 어디 있지?
어린 날 우리 집 마당에서 꼬리 치던 똥개 해피를
본 후로 행복을 본 적이 없다
온 가족이 둘러앉은 밥상 근처를 어슬렁거리다가
뼈다귀를 받아먹던 해피
반짝거릴 만큼 밥그릇을 핥아
별이 빛나게 하던 해피는 어디로 갔을까
해피! 하고 부르면 팔랑거리던 죄 없는 꼬리가 그립다
정치가들이 가져다주겠다고 약속한 행복은
그들만의 발명품이 아닐까
더 해 봐! 더 해 봐! 좀 더! 좀 더! 다그치며
희망을 착취하는 그들은
과로에 지친 우리들의 하루 끝에다
애드벌룬처럼 행복을 달아 주겠다고 한다
그들이 말하는 행복이 나는 어쩐지 두렵고 수상하다
우리의 해피는 끈에 묶여 있지 않았었다

가위를 든 남자들

오늘 내가 사는 도시의 톱뉴스는
검은 양복들이 가위를 들고
일렬횡대로 늘어선 풍경으로 시작되었다
가위가 오색 테이프를 자르는 순간
새 지하철은 개통되고
도시는 또 하나의 쾌속 혈맥을 갖게 되었다

천만 개의 눈과 귀를 손안에 쥐고
세계를 한눈에 볼 수 있는
이 도시는 명실공히 민주 시민의 도시이다

오늘 내가 사는 도시의 톱뉴스는
진정 잘라야 할 것이 무엇인지?
단 한 번도 자기를 향해 가위를 대 본 적 없는
검은 양복들이
첨단 도시 지하철 개통 테이프를 호기롭게 자르는
풍경으로 시작되었다

북한산의 시

여름 북한산은 살코기 타는 냄새로 자욱했다
산새들까지 어우러진 푸른 계곡으로
버클리에서 온 시인을 초대했다
파전 오리볶음 시금털털한 막걸리에
온 산이 웃통을 벗고 화투장을 던지는 복날
술에 취해 비틀거리며
토악질을 하는 산 속은 온통 흥에 겨웠다

지린내가 코를 찌르는 파라솔 아래 앉아
두 나라의 시인이 건배를 했다
6·25 때 걸음마 하던 세 살배기 아이가
예순 넘은 시인이 되어 기브 미 껌! 대신
시 한 수를 읊었다
퓰리처상 받은 미국 시인은 절대 모르는
시 한 수가 목울대를 넘어왔다
바위를 뚫고 북한산 속 깊이깊이 파고들었다

독거

나하고 나뿐이다
뼛속에 유빙(遊氷)이 떠다닌다

나는 나이테 없는 식물 같은 동물
피 다 증발해 버린 빙하기를 사는
독거의 꽃

불가해한 선사(先史)에서 흘러온
소금 기둥이다

불꽃의 순간을 두들기는
허공의 하루살이이다

나하고 나하고 나뿐이다

사랑 찾기

소혹성들 살고 있는
먼 나라를
사다리 타고
천 번을 오르내려도

지구 끝에서 끝
산간 오지 계곡들을 만 번을 더듬어도
당신을 못 찾겠지

인터넷 실핏줄을 따라
두 팔이 빠지도록 미궁을 휘저어도
내 안에만 뜨겁게 살아 있겠지

그래서
나 못 죽어
당신 죽을 때 반 죽고
남은 나
마저 죽으면
당신이 다 죽을까 봐

첫사랑의 납골당

건너편 아파트에 내 첫사랑 살고 있다
그의 아내가 유난히 예쁘다는 소문은 들었지만
베란다에 세워 둔 유모차도 보았지만
내가 딴 데 시집가서 아이가 열 명이 되더라도
나를 기다리겠다고 한 약속 잊지 않고 있다

흐리거나 비 오는 날이면
목소리 가다듬고 가끔 건너편 아파트를 쳐다본다
나 아직 아이가 둘뿐이라고 소리쳐 줄까
그러다가 멈칫 앞마당을 내려다본다
웬 여자가 아이 둘을 양손에 잡고
내 남편의 방 쪽을 올려다보고 있는 것 같다

나는 창문을 드르륵 닫는다
밤바람이 사뭇 상큼하다

사랑이 식은 재가 칸칸이 담긴 탓일까
건너편 아파트 불빛이 납골당처럼 교교하다

스무 살

스무 살은 나이가 아니라 눈부심이다
커피에 적시어 먹는 마들렌처럼
부드럽고 달콤하다가 그만 사라진다
눈만 크고 괜히 사나운 고양이같이 야옹거리며
별 하나를 캐 보려고
궁리하는 사이
스무 살은 산뜻한 돌림병처럼 왔다 간다
그 바람에 첫사랑이 스쳐 가는 것도 모른다

스무 살은 고귀한 보석을 거기 두고 온 것을 알고
남은 생애 동안
두 눈이 빠지도록 그리워하는 풀밭이다

날개를 펴서 미처 부딪혀 보기도 전에
자유보다 더 많은 상처를 증거처럼 남기고
얼떨결에 떠나 버린다

이별 시 하나

한 시인의 장례식장에서
이별 시 하나가 완성되는 것을 보았다
다른 조문객들 속에 섞여 아무렇지도 않게
그녀는 꽃을 올리고 사라졌다

날카로운 펜 하나씩 들고 일찍이 신문기자가 되어
천 마디 말을 써서 사회를 흔들면서도
한 마디 말을 삼켜 비켜 간 사랑이었다

시인은 그 후로도 언어를 절벽처럼 절제했고
그녀 또한 흰 머리칼 휘날리며 끝내 홀로 지냈다

가야 할 때가 언제인가를 분명히 아는 이가 있을까
너무 일찍 가야 할 때를 알아 버린 낙화를 위해
잠깐 고개를 숙이고 아무렇지도 않게
떠나는 뒷모습을 보았다

실버

실버를 좋아하시나요
욕망과도 고귀함과도 거리가 있지만
싸구려나 가짜는 아닌
편안한 일상 같은
은은한 은목걸이를 갖고 싶나요

그런데 이상한 실버가 먼저 곁으로 왔나요
실버타운실버세대실버보험실버상품이
뒷골목, 겨울 햇살처럼
신경통고혈압관절염요실금당뇨치매들이
로얄골드프레스티지플래티넘다이아몬드브이아이피
눈부신 허장성세 다 걷어내고
소풍날 지는 해 등에 지고
터덜터덜 집으로 돌아올 때처럼 다가왔나요

그래요 몸을 따라 마음이 늙지 않는 것은
어쩐지 비극입니다
몸과 마음 사이

아무도 모르는 섬세한 사랑 하나
살며시 갖고 싶은 오후입니다

안개 노인

안개 벗어나니 또 안개
이윽고 아름다움도 위험도 없는 허허벌판이다
영원한 잠이 바짝 쫓는 것 말고는 급할 것이 없다
걸어온 길에 대해 할 말은 좀 있지만
노동력 없는 무산자 계급으로 그만 입 다물기로 했다
무릎과 치아의 통증에다
핏빛 네온 휘황한 자본주의를 칙칙하게 만든 죄로
그늘에서 어슬렁거린다
그래도 정체불명의 이름 어르신이라 어르며
지하철과 고궁이 두루 공짜 아닌가
장수 시대 알토란 같은 의료보험을 잘라먹는다고
한쪽에선 폐기물 보듯 하지만
파고다공원을 차지한 이도 있다 한다
까짓것! 오늘 점심에는 식판을 들고 굽은 어깨로
절이나 교회의 무료 급식대 앞에 줄이나 서 볼까
공동묘지 비슷한 색깔의 검버섯 핀 얼굴로
얻어먹는 한 끼의 선심은 얼마나 새로운 맛일까
언제부터 나이가 곧 늙음이 되고
늙음은 곧 나쁜 것이 되었을까
갈수록 배울 것 많고 난생처음 아닌 곳도 없다

정치인의 장례식장

꽃들이 먼저 달려와 슬픔을 과장하고 있다
죽음의 음산함을 지우고 있다

인간의 일에
황송하게도
꽃들이 동참하여
아슬아슬한 이름을 띠에다 두르고
뜨거운 은유로 말하고 있다

어제 한 정치인의 장례식장에서 보았다
꽃들이 먼저 달려와
목을 꺾고 늘어서 있는 것을 보았다

꽃들이 앞장서서
거래와 결속과 위로를 다지고 있었다
꽃 속에서 까만 해골들이 웃고 있었다

사과는 춥다

수사관 앞에 사과가 놓여 있다
큰 집은 춥다
가을에 그걸 알았다고 한 시인이 떠올랐다
수사관의 칼이 사과에다 날카로이 칼집을 내자
피부를 뚫고 속살이 드러났다
사과는 시처럼 맛있게 한 입 베어 먹고 나면
누구는 이브의 죄를,
누구는 햇살과 비타민 C를 먹는다고 생각했는데
수사관이 내 껍질을 찌르자
시금털털한 과즙과 군데군데 피딱지가 전부였다
시장에 섞이지 못하고 간빙기의 과일처럼 얼어 터지며
표표히 하늘을 숨 쉬고 산 결과가 이것인가
"이건 뭐요?"
"평생 모은 원고료"
평생과 원고료가 동의어처럼 나뒹굴었다
숫자처럼 맑은 시는 없다
수사관은 남루의 숫자를 믿을 수 없다는 듯 쏘아보았다
진딧물이나 앵무새가 쪼지 못하게
속살에 저장한 햇살이 더욱 투명하게 드러났다

뼛조각 하나 없이 소멸의 발자국도 남기지 않고
빌딩 사이를 걸어가는 달
수사관의 수천의 눈알 속에
오늘 밤, 사과 시인이 걸려 있다

야만의 밤

폭염이 혓바닥을 넘실거리는 자정, 캘커타 공항에 내렸다.

일주일 버틸 돈을 환전했더니 루피가 한 부대. 철사에 꿴 돈다발을 등에 지고 호텔을 찾았다. 까마귀 소리, 시체 태우는 냄새가 대꼬챙이처럼 눈알을 쑤셨다.

여기는 위대한 간디의 나라. 슬픈 빅토리아 메모리얼*을 잊지 말기로 하자. 귀중한 발명품 같은 테레사 수녀도 살고 있다. 이 키 작은 서양 수녀 때문에 최악의 도시라는 오명을 썼다고 분개하는 캘커타여, 나를 재워 줄 한 개의 베개를 다오. 릭샤에다 곡예사처럼 몸을 던졌다.

한 다발의 돈을 릭샤에게 뜯기고 페어로운 호텔 구석방 하나를 차지했다. 푹 꺼진 회색 시트, 핏빛 녹물이 나오는 욕조, 똥이 가득한 변기 곁으로 도마뱀들이 유령처럼 넘나든다. 전생의 카르마가 모두 여기에서 나를 기다리고 있다.

뜬눈으로 뒹굴다 못해 현생의 문을 열고 로비로 나왔다.

그 순간 저쪽에서 터번 쓴 사내가 총을 쏘며 내게로 달려든다.

방금 외신으로 들었다며 사우스 코리아 군인들이 광주에서 이렇게 학생들을 드르륵드르륵 쏘았다며 나를 향해 마구 총질을 한다.

80년 5월 18일 새벽! 야만이 야만을 향해 쏜 총에 맞아 길 잃은 짐승 한 마리 그 자리에 고꾸라졌다.

* 영국 식민지 시대를 상징하는 기념관.

북쪽

── 뉴욕 북부 작가촌에서

우리의 북쪽은 방향이 아닙니다
북쪽은 벽!
오, 맙소사 북쪽은 핵, 이렇게 말할 뻔했습니다
세계 어디에도 없는 단 하나의 은유
북쪽이 생긴 지 60년입니다

그동안 누구도 쉽게 갈 수 없었습니다
그런데 어느 하루 남쪽의 한 노인이
돌연 소 떼를 몰고 올라갔습니다
소년으로 떠나온 고향을 노인이 되어서야 찾아간
그 노인은 장사꾼 중에 장사꾼이었습니다
마치 절벽에 핀 꽃 꺾어 아름다운 수로(水路)에게 바친
천년 전 노옹(老翁)이 헌화가를 부르듯
소고삐 움켜쥐고 북으로 간 노인은
그날만은 시인 중에 시인이었습니다
외신들은 20세기 지구의 퍼포먼스라고 했습니다

우리에게 북쪽은 참 난해하고 슬픈 주제입니다
심지어 CNN도 노스 코리아를 말할 때면 더듬거립니다

서로가 골치를 앓는 기형(奇形)의 형제처럼
이미 상투화된 집안의 슬픔입니다
그 남쪽에서 60년 동안 나는 부끄러운 시인입니다
시(詩) 떼를 풀어 봄을 만들어
나도 어느 날 돌연 북쪽을 갈 수 있을까요
그러면 모국어 똑같아 번역도 통역도 없이
그냥 강물 풀리어 천지는 화창한 봄이겠습니다

의사당

내 손이 더러운 한 표를 던진 것 같다
소음과 악취로 부글거리는 의사당을 보라
내가 던진 한 표들이 서로 멱살을 잡고 있다
우리의 팔러먼트*는 말하는 집이 아닌 것 같다
투표한 내 손을 보니 피가 묻어 있다
깨끗한 한 표를 달라는 그들에게
이해타산과 미묘한 복수심을 뭉쳐
나는 그중 덜 미운 놈을 향해 표를 던졌었다
진리는 언어 바깥에 있다지만
바깥에도 안에도 거품뿐이다
텔레비전도 실은 끄나풀이 아니었을까
당신의 소중한 한 표를 잊지 않겠다던
그들은 대체 누구였을까
마스크를 골라 쓰고 전략으로 힘을 구축하더니
뉴스마다 함량 미달의 코미디를 연출한다
우리는 민주적으로 선거라는 이벤트에 참가했지만
신흥종교 부흥회 뒷자리에 뒤엉긴 신발들이 되었다
뉴스를 끄고 슬픈 내 손을 한참 들여다본다

* parliament. 의회. 말하는 집을 뜻한다.

내리막길

하늘 향해 별빛 땀을 뿌리며
오르막길에만 길이 든 철새들을 따라가다
훤히 예정되어 있었지만
갑자기 막아서듯 다가든 내리막길에 들어섰다
어지러운 성좌 여전히 돌고
길에는 막 피려는 몇 송이 야생화도 있는데
어린 날부터 내 안에 살던 능청스런 노인은
정작 어디로 가고
여전히 뛰는 필마(匹馬)의 호흡으로
절대로 늙고 싶지 않은 번개들이
틀니처럼 어긋나는 모순의 벼랑
한 번 더 차오를까
이쯤에서 그만둘까
주춤주춤 아찔한 오후 일정표 속에서
들불처럼 타오르는 은회색 머플러

노배우

수도원 가는 길모퉁이 소극장
노배우가 뽑는 대사가
겨울나무에 걸린 연처럼 날카롭다

"늙은 거야. 아무리 속이고 허세를 부리고 멍청한 척해
도 인생은 이미 지나가 버린 거야. 한 병을 거의 다 마시
고 밑바닥에 조금밖에 남지 않은 거야. 찌꺼기만 남은 거
지…… 이제 시체 역을 연습해야 할 때가 된 거야……"*

가시를 단 채
말라 가는 장미처럼
안간힘처럼

"난 박수도 화환도 열광도 믿지 않아!"

끝끝내 빛나는 치아처럼
영롱한 빙설 속에서 피어나는
핏빛 피날레!

당신은 누구인가
누구일 것인가

수도원 가는 길모퉁이
소극장

* 체호프의 『백조의 노래』에서.

묘비명

묘비명을 "됐어!"라고 정해 놓은 사람을 안다
  그의 아내의 묘비명은 "생긴 것보다 더 많이 사랑받고
가다"이다
  "됐어!" 씨와 "생긴 것보다 더 많이 사랑받고 가다" 씨의
  결혼 생활은 그런대로 행복했을 것 같다

  가을날, 허공에서 묘비명들이 떨어진다
  "이곳은 영혼이 말을 갈아타는 역참"*
  "말 탄 자여 지나가라"*가 뚝 뚝 땅을 구른다

  "어쨌든 죽는 건 늘 타인들이다"*
  응 응 응
  노란 엉덩이들이 대답을 한다
  "나는 아무것도 바라지 않는다. 나는 아무것도 두려워
하지 않는다.
  나는 자유"*
  손바닥들이 무원 삼매(無願 三昧)로 지상을 다둑인다
  애쓰지 마라! 애쓰지 마라!
  "여기 아내의 혀와 음부를 사랑한 만큼

아내의 배도 사랑하였던 돈 리고베르또 잠들다"**

봄이 되면 세상 아내의 배에서

묘비명들이 파릇파릇 또 태어나면 좋으련만

"흘러가는 물 위에 자기 이름을 쓰려고 한 자 여기 누웠

노라"*

* 쉬페르비엘, 예츠, 마르셀 뒤샹, 니코스 카잔차키스, 키츠의 묘비명들.
** 바르가스 요사의 소설 『새엄마 찬양』에서.

백지
— 쉼보르스카에게

문을 열어 잠그고
진종일 쓰다가
다시 문을 끝까지 활짝 열어 잠그고
진종일 쓴 것 찢어 버리지

백지! 백지!
돌 같은 속도로 흘러갔지
날개처럼 고단하고
외로운 사유
꿈틀거리며 꿈틀거리며
처녀림을 밀치고 올라오는
씨앗을 기다렸지

늑대의 호흡으로 울었지
불꽃으로 사라지곤 했지
그 외엔 실은 아무것도 안 보였어

슬픔의 빙벽에 피어난 독거의 꽃

이숭원(문학평론가 · 서울여대 국문과 교수)

5년 전 문정희 시인의 등단 40년을 기념하여 쓴 작품론에서 나는 그의 시가 성취한 세 가지 측면을 뚜렷이 강조한 바 있다. 그것은 '여성적 생명의식', '독창적 표현 능력', '실존적 자아의식'이다. 이 세 측면은 이번에 새로 내는 시집에서 더욱 정제된 양식으로 빛을 발한다. 이 중 가장 문정희다운 요소를 하나만 고르라고 하면 나는 주저하지 않고 '여성적 생명의식'을 선택할 것이다. 이 국면에 관한 한 그는 다른 누구와도 비교하기 어려운 독보적인 성채를 구축하고 있기 때문이다. 페미니즘이라든가, 여성 시라든가 하는 명칭조차 없었던 1970년대 초에 그는 자신의 독자적인 체험과 자각만으로 한국 여성의 사회적·실존적 조건을 집약적으로 표현한 작품을 선보였을 뿐만 아니라 여성의 몸과 마음에서 생명의 가치를 발견하고 그것을 시로 형상화하는 선구적 작업을 전개했다. 그러한 작업은 그 후 이론의 보강과 체험의 심화를 거쳐 확고한 자기 영역으로 증축되었다.

나는 이러한 문정희 시의 독자성이 관념이나 학습에서 출발한 것이 아니라 그의 체질에서 자연스럽게 발효된 것이라고 생각한다. 그의 활달한 사유와 당당한 화법이 꾸며서 나온 것이 아니듯이 그의 여성적 생명의식 역시 그의 육체와 영혼의 내부로부터 자연스럽게 솟아난 것이다. 그는 누구보다 강인한 정신으로 자신의 약점을 극복하려 하고 자신이 가야 할 방향을 향해 눈치 보지 않고 의연하게 전진하는 추진력을 지녔다. 시적 태도에 관한 한 망설임이 없고 한 점 부끄러움이 없다. 그런 점에서 그는 독자적 개성으로 무장한 시의 화신이다. 그렇기에 자신의 몸을 시의 질료로 내세워 자신이 하고 싶은 말을 거침없이 토로한다.

시인 M이 뚱뚱한 것은 고독을 과식한 탓이다
슬픔을 쉴 새 없이 갉아먹은 탓이다
자유는 혼탁하고 말에는 고통이 섞여 있어
동굴 속에서 홀로를 파먹은 탓이다

시인 M은 관념으로 꽉 찬 기형의 머리를
늘 의자에 앉히고 의자와 함께 늙어 간다

탱자 가시처럼 날카로운 편견과 편애로

폭양과 폭력에 항거하며

사철 빙벽 속에 산다

그러므로 뚱뚱한 시인 M을

권력의 비호를 받지 못하면 비칠거리는 두루미나

일생 동안 여당(與黨)만 하는 목이 긴 당나귀 따위나

시시하게 세련된 기린 족속과 비교해선 안 된다

— 「뚱뚱한 시인」 전문

    이 시에 나오는 몇 개의 시어에서 시인이 추구하는 세계
가 어떠한 것인가를 추출할 수 있다. 그는 세속의 난기류에
맞서 고독의 빙벽에 독거하는 존재다. 세상은 혼탁하고 사
람들은 권력의 뒤를 좇는데, 그는 고독의 힘으로 거기 맞
선다. 자존의 자리를 지키기 위해서는 당연히 고통이 수반
된다. 고독과 슬픔과 고통을 과식했기에 시인의 몸이 뚱뚱
해졌다는 것이다. 매우 공감이 가는 시다.

    혹자는 이 시를 두고 너무 자신감을 드러낸 것이 아니냐
고 의혹의 눈길을 보낼 수도 있는데 이 시는 현재의 위상
을 드러낸 것이 아니라 시인의 의지를 표명한 것이다. 어떠
한 고통이 와도 세상의 혼탁과 타협하지 않고 고독의 빙벽
에서 결신의 자세를 보이겠다는 자기 다짐을 노래한 것이
다. 그는 결코 자기 미화에 안주하는 시인이 아니다. 그가

자신의 몸을 소재로 내세워 결신의 의지를 드러낸 것은 한
국 사회에서 뚱뚱한 여성을 바라보는 시선에 항거하기 위
해서이지 자신의 상태를 미화하기 위한 것이 아니다. 「돼
지」라는 시에서는 자기 자신을 "지푸라기로 만든 돼지"로
비하하며 자신에 대한 반성적 시각을 드러내고 있다. 그의
주된 관심은 여성적 삶의 조건과 여성적 생명성에 맞추어
져 있다.

어머니가 죽자 성욕이 살아났다
불쌍한 어머니! 울다 울다
태양 아래 섰다
태어난 날부터 나를 핥던 짐승이 사라진 자리
오소소 냉기가 자리 잡았다

드디어 딸을 벗어 버렸다!
고려야 조선아 누대의 여자들아, 식민지들아
죄 없이 죄 많은 수인(囚人)들아, 잘 가거라
신성을 넘어 독성처럼 질긴 거미줄에 얽혀
눈도 귀도 없이 늪에 사는 물귀신들아
끝없이 간섭하던 기도 속의
현모야, 양처야, 정숙아,
잘 가거라. 자신을 통째로 죽인 희생을 채찍으로
우리를 제압하던 당신을 배반할 수 없어

물 밑에서 숨 쉬던 모반과 죄책감까지
브래지어 풀듯이 풀어 버렸다

어머니 장례 날, 여자와 잠을 자고 해변을 걷는 사내여
말하라. 이것이 햇살인가 허공인가
나는 허공의 자유, 먼지의 고독이다
불쌍한 어머니, 그녀가 죽자 성욕이 살아났다
나는 다시 어머니를 낳을 것이다

―「강」 전문

시인이 어머니를 불쌍하다고 여기는 것은 어머니라는 존재가 한국 사회에서 강요된 여성적 질곡의 희생자이기 때문이다. 어머니는 스스로 희생자라는 사실도 인지하지 못한 채 자신의 삶을 표준으로 알고 후손들에게 자신의 길을 권유하기도 했다. 이것이 사실은 더 큰 비극이다. "독성"이 "신성"으로 전도되는 역사의 모순을 누대에 걸쳐 계승해 온 것이다. "죄 없이 죄 많은 수인들"이라는 말은 수없이 많은 절절한 사연을 절묘하게 압축한 명구다. 현실의 삶을 그대로 수용했으니 아무런 죄가 없는 것이지만 그 차별의 삶에 아무런 문제를 못 느끼고 대대손손 그것을 덕목으로 내세웠으니 사실은 죄 많은 존재들이다. 이 구절은 세계 모든 여성들의 삶에 두루 해당하는 깊은 역사적 통찰을 제시한다.

그런데 죄 없이 죄 많은 수인의 하나인 어머니가 세상을 떠났는데 왜 "성욕"이 살아난 것일까? 이 "성욕"은 무슨 의미를 지닌 것일까? 시인은 어머니를 "태어난 날부터 나를 핥던 짐승"이라고 했다. 여성이 아니면 나올 수 없는 표현이다. 우리 남성이 언제 어미 개처럼 우리 아이들을 핥은 적이 있었던가? 남성적 위엄으로는 취할 수 없는 행동이다. 같은 여성이라고 해도 누구에게서나 나올 수 있는 표현이 아니다. 여성적 생명의식이 육화되어야 나올 수 있는 표현이다.

나를 핥던 짐승이 사라진 자리에 "오소소 냉기가 자리 잡았다"고 했다. "성욕"과 "냉기"는 또 무슨 관계에 있는가? 시인은 사유와 성찰의 결과 도달한 자신의 모습을 "허공의 자유, 먼지의 고독"이라고 일컬었다. 허공의 자유, 먼지의 고독이라니? 시인은 이 표현에 대해 아무런 단서도 내놓지 않았다. 각자 스스로 그 의미를 찾을 수밖에. 죄 없이 죄 많은 수인의 자리로 이어져 온 구속의 연쇄에서 벗어났으니 허공의 자유를 얻은 것이고, 도도하게 이어져 온 역사의 줄기를 부정하고 자신의 삶을 새롭게 살겠다는 결의에 이르렀으니 먼지처럼 작은 존재의 고독에 직면하게 된 것이다.

허공의 자유, 먼지의 고독이 그가 새롭게 얻은 성욕의 실체다. 이제 진정으로 자유로우나 진정으로 고독한 사랑의 길을 가야 하는 것이다. 사랑의 성욕에 의해 그는 "다시 어머니를 낳을 것"이라고 했다. 어찌 딸이 아니라 어머니를 낳겠다고 했는가? 이것 또한 여성적 생명의식의 휘황한 발산이다. 딸은 성장을 필요로 하는 여성이고, 어머니는 생명을 낳을 수 있는 여성이다. 하나의 생명의 탄생이 또 다른 생명의 탄생으로 이어지는 무한한 역사적 연속성을 염두에 두었기에 시인은 어머니를 낳겠다고 말한 것이다. 그래서 제목도 "강"으로 정했다. 강은 바로 그 무한한 역사적 연속을 상징하는 실체다. 새로운 성욕에 의해 태어나는 어머니는 과거 죄 많은 수인으로서의 어머니가 아니라 생명 탄생의 주체로서의 어머니, 허공의 자유와 먼지의 고독의 실체로서의 어머니, 자신의 삶을 혼자 책임지는 어머니다. 새로운 어머니의 강이 새롭게 흐를 것이다

　이 시에 담긴 생각은 얼핏 보면 거창해 보이고 거대 담론을 펼쳐 놓은 것 같다. 그러나 그 출발을 생각하면 그리 거창한 것이 아니다. 관념으로서의 역사가 아니라 현실적 삶으로서의 여성의 실상을 염두에 둔 것이다. 그가 목격하고 체험한 여성적 삶의 실상은 다음과 같다.

　　일찍이 농촌을 떠나와

　　그때 막 시작된 산업화 시대의 여직공이 되어

　　밤낮으로 수출 공장에서 일을 했던

　　우리 순임이

　　그녀의 거북 등같이 주름진 손을

오늘 저녁 TV에서 보았다

초로의 할머니가 되어 마을 회관에서
동네 노인들과 복분자 술을 나눠 마시고 있었다
동남아 며느리가 낳은
눈이 약간 검은 손자를 자애로이 품에 안고
글로벌 시대, 뭐 그런 이름은 굳이 몰라도 좋지만
넉넉하고 따스하게 다문화 가족을 이루며
그때처럼 국제화 시대를 먼저 살고 있었다

내가 대학을 나오고
세계 문학을 기웃거리며
흰 손으로 시를 쓰는 동안

　　　　　　　　　　　　——「우리 순임이」 전문

　앞에서 본 「강」이 여성의 삶에 대해 역사적 성찰이 개입
한 것이라면, 이 시는 시인과 같은 시대를 살아온 여성의
현실적 삶을 구체적으로 그려 내고 있다. 1960년대부터 지
금까지 시인과 동시대의 농촌 여성이 걸어왔음직한 삶을
재구성하여 표현한 것이다. 가난을 넘어서기 위해, 혹은 그
저 가난 때문에, 일찍이 농촌을 떠나 도시로 올라와 여직
공으로 취업하여 박봉의 공원 생활을 하고 거기서 모은 돈
으로 동생을 공부시키고 다시 농촌으로 돌아와 농사꾼의

아내로 일생을 보낸 초로의 여인이 있다. 그 여인을 TV 화면에서 보았다. 국민소득 3만 달러를 넘어섰다지만 환경과 생활은 그대로 대물림되어, 농사꾼의 어머니로 동남아 며느리를 얻어 낯빛이 다른 손자를 품에 안고 웃음을 짓고 있는 여인. 소싯적에는 산업 전사로 앞장을 섰고 노년에는 국제화 시대 다문화 가족에 앞장을 선 우리 순임이. 그 여인 앞에 우리가 무슨 말을 할 것인가?

시인은 순임이의 모습을 그냥 보여 주면서 슬픔도 아쉬움도 아닌 표정으로 자신의 내력을 소개했다. 대학을 나오고 세계 문학을 기웃거리며 흰 손으로 시를 쓰는 세월을 보냈다고 했다. 이러한 발언을 하는 그의 어투는 앞서 결신의 자존 의지를 드러내거나 여성적 생명의식을 드러내던 활기찬 어법과는 아주 다르다. 연민과 회한이 얽혀 있는 자조의 어법이 저절로 선택되는 것이다. 이것은 인류학자 벤자민 주아노나 퓰리처상을 받은 버클리 시인이 이해하기 어려운 한국 여성만의 아픈 체험의 표현이다. 문정희 시인은 우리 역사의 당대적 아픔을 충분히 내면화하고 있다. 우리 순임이의 삶에 아픔 어린 공존의 감정을 느꼈기에, 빈궁을 극복한 외국 시인의 경우에도 동병상련의 정서를 표현한다.

　　빗자루 하나가 가진 것의 전부인
　　페루 소녀!

병균이 우글거리는 빈민가 청소부로 산다
아침부터 밤까지 공동 화장실에서
지린내 땀내로 찌들다가
젖은 신 불어 터진 발로
동전 몇 닢을 쥐고 움막으로 돌아오면
찢긴 거미줄에 얽혀 날개를 버둥거리는
눈알이 까만 네 동생들

할 수 없이 아버지를 삼킨 검은 광산을
손톱으로 깨며
다시 금을 찾아 헤매다가
이게 무슨 일인가
금보다 먼저 캐 버린 시!
그만 청소년 문학 콩쿠르를 석권해 버렸으니

이런 용감한 무기를 소지한 소녀를 보았나
빛나는 시인 세샤르 바예호를
시인의 운명을 그만 사랑하고 만 페루 소녀!

고통아! 더욱 세차게 쳐라
여기가 금세기 뮤즈가 피어나는 벼랑인 것 같다
—「페루 소녀」 전문

우리 순임이가 현실을 수용하여 농촌 가정의 일원이 된데 비해, 페루의 극빈자 출신 세샤르 바예호는 자신의 열악한 환경을 극복하고 시인이 되었다. 굶주림에서 벗어나기 위해 금을 찾아 헤매다가 "금보다 먼저 캐 버린 시"로 시인이 되었는데, 그는 자신의 모태인 가난을 무시하지 않고 가난과 고통을 노래하는 시인이 되었다. 이 시인의 출신 환경과 성공담을 요약한 후 시인은 자신에 대한 경책을 스스로에게 던진다. "고통아! 더욱 세차게 쳐라". 이것은 앞의 시 「우리 순임이」에서 보여 준 연민과 자조의 음성과는 다른 결의의 어조다. 그는 고통 속에 시의 탄생과 부활이 있음을 다시 한 번 새롭게 자각하고 있다.

이러한 사색과 명상과 체험은 결국 나 자신의 문제로 귀결된다. 앞에서 세 가지 성취의 하나로 제시했던 '실존적 자아의식'에 직면하게 되는 것이다. 이것은 시인으로서 하나의 필연에 속하는 결과다. 모든 문학의 주제는 '나란 무엇인가'라는 문제로 집약되기 때문이다. 그는 「구걸 명상」이라는 시에서 여행길에 목격한 장면을 소개했다. 명상을 하듯 구걸하는 여인이 보여 준 독특한 행동에서 경이로운 체험을 하고, 시원하게 자신의 것을 잘라 버려야 길 잃은 시간의 길에 나설 수 있음을 자각하게 된 것이다.

또 하나는 남편의 머리 염색을 도와주면서 느낀 정화(淨化)와 정밀(靜謐)의 체험이다. 이것은 남편의 머리 염색 체험 이전에 그의 생활에서 먼저 얻은 것이기도 하다. 가령 그의 시 「늑대 여자」를 보면 시 창조의 절대적 경지를 번개나 태풍의 울부짖음이라든가 "번쩍이는 야성의 물결", "핏빛 위험한 노래"로 표현하고 있다. 이것은 야성의 생명력이 약동하는 격정의 육성이다. 여기에 비해 「가을 폭설」은 열망의 시간과 "파란만장과 전전긍긍"의 세월을 돌아 "다시 날아갈 듯 가벼운 날개로" 눈부시게 쌓여 있는 가을 설경의 정화의 이미지를 펼쳐 내고 있다. 야성의 육성이 정화의 음조로 전환되어 있는 것이다. 이것은 그의 내면에 이러한 두 방향이 은밀하게 충돌하고 있음을 암시한다. 세월의 연륜을 감안하면 전자가 후자 쪽으로 선회하고 있다고 보는 것이 좋을 것이다. 그러한 정화의 행로에 중요한 단서를 제공하는 작품이 「뒷모습」이다.

머리에 검은 칠을 해 달라며 남편이
송충이같이 꿈틀거리는 염색 솔을 쥐어 준다
계절이 내 앞에다 누런 갈대숲을 들이민다

슬픔은 최고의 진리라
이윽고 여기에 도달했다

짐승들 뛰어노는 벼랑에서 살아남아
손바닥 한쪽을 살며시 땅에다 갖다 대기 위해
가을 잎도 바람에 몸을 맡긴 날

위대한 항해의 닻을 여기에다 내린다

이 항구에 이르기 위해

그 많은 해 이글거리고 태풍 울부짖었는가

—「뒷모습」전문

　남편의 머리 염색을 도와주며 평소 지나쳤던 세월의 무
게를 새삼 마주하게 되었다. "누런 갈대숲"을 발견하게 된
것이다. 이 발견에 적실하게 상응하는 말이 오쇼 라즈니쉬
가 한 "슬픔은 최고의 진리"라는 잠언이다. 슬픔을 알아
야 진정한 지혜를 얻는다. 늙음이 주는 슬픔을 맛보자, 엉
긴 인연의 족쇄가 풀리고 모든 것을 용서할 수 있는 마음
의 여유가 생긴다. 정화의 맑은 샘이 솟는다. 번개와 태풍
의 세월, 그 야생의 울부짖음은 무욕과 정화의 항구에 닻
을 내리는 데 필요한 매개물이었다. 가을 폭설에 위안을 얻
고 가을바람에 운명을 맡길 때 슬프도록 진실한 세월이 시
작된다. 위대한 항해의 도달점은 누런 갈대숲의 발견, "뒷
모습"의 발견에 있다. 뒷모습을 바로 보는 것이 삶의 진정
한 혁명에 해당한다. 핏빛 위험한 노래에서 벗어나 나의 진
정한 모습, 진정한 자아를 발견하는 것이 바로 슬픔이 베
푼 진리의 은사다. 그 자아의 발견은 어떠한가?

　나하고 나뿐이다

　뼛속에 유빙(遊氷)이 떠다닌다

나는 나이테 없는 식물 같은 동물
피 다 증발해 버린 빙하기를 사는
독거의 꽃

불가해한 선사(先史)에서 흘러온
소금 기둥이다

불꽃의 순간을 두들기는
허공의 하루살이이다

나하고 나하고 나뿐이다

—「독거」 전문

　뼛속에 유빙이 떠다닌다고 했으니 뼈가 저릴 것이고 뼈를 스치는 소리도 스산하게 날 것이다. 그러나 그 소슬한 유랑의 시간을 혼자 감당해야 할 지점에 이르렀다. 파란만장과 전전긍긍의 세월을 거쳐 핏빛 노래의 열기가 증발해 버렸으니 정갈한 줄기만 남아 소금 기둥 같은 빙하기의 화석이 남았다. "불꽃의 순간을 두들기는 허공의 하루살이"라 했는데, "불꽃의 시간"은 스쳐 지나간 시간이요, "허공의 하루살이"는 앞에서 보았던 "허공의 자유", "먼지의 고독"의 다른 이름이다. 그것은 현실의 모순을 탈각하고 얻은 진정한 자유와 고독, 진정한 자아와의 대면이다. 그래서 시인은 "나하고 나하고 나뿐"이라고 잘라 말했다. 그는 '나'를 만나 그 실체를 확인한 것이다.

늑대 여인의 열정과 가을 폭설의 정밀을 두루 화해시킬 수 있는 동력은 생명의 근원으로서의 나를 발견하는 데서 온다. 그는 몇 년 전에 쓴 「사람의 가을」에서 "나의 신은 나"라고 선언한 바 있다. 존재하는 모든 것들은 우리가 받들어야 할 존엄성을 다 갖추고 있다는 뜻이다. 홀로 존재하는 '독거의 나'가 무엇으로도 부정할 수 없는 우주의 절대적 존재가 되는 것이다. "독거의 꽃", "허공의 하루살이"가 바로 신이다. 이러한 절대적 생명의식에 도달한 것 역시 여성적 생명의식의 숙성에 의한 것이다. 오직 나, 그리고 또 나. 이 절대적 '나'에서 시가 탄생하고 진정한 생이 시작된다. 이러한 발견만으로도 문정희 시인은 한국 시사의 의젓한 자기 자리를 얻었다 할 것이다.

지은이　　　**문정희**

1947년 전남 보성에서 태어나 서울에서 성장했다.
1969년 《월간문학》 신인상으로 등단했으며,
시집 『오라, 거짓 사랑아』, 『양귀비꽃 머리에 꽂고』, 『나는 문이다』,
『다산의 처녀』, 『카르마의 바다』 등과 시선집 『지금 장미를 따라』 등이 있다.
영역 시집 『Woman on the Terrace』를 비롯하여 프랑스어, 독일어, 스웨덴어,
스페인어, 인도네시아어, 알바니아어 등으로 번역 출판되었다.
현대문학상, 소월시문학상, 정지용문학상, 현대불교문학상, 천상병시문학상,
동국문학상, 육사시문학상, 한국예술평론가협회 '최우수 예술가상', 마케도니아
테토보 세계 시인 포럼 '올해의 시인상', 스웨덴 '시카다상' 등을 수상했다.
고려대 문예창작과 교수를 거쳐 현재 동국대 석좌교수로 있다.

응

1판 1쇄 펴냄 2014년 9월 30일
1판 7쇄 펴냄 2022년 8월 3일

지은이 문정희
발행인 박근섭, 박상준
펴낸곳 (주)민음사

출판등록 1966. 5.19. (제16-490호)
서울특별시 강남구 도산대로1길 62(신사동)
강남출판문화센터 5층 (우편번호 06027)
대표전화 02-515-2000 / 팩시밀리 02-515-2007
www.minumsa.com

ISBN 978-89-374-0825-0 04810
　　　978-89-374-0802-1 (세트)

· 잘못 만들어진 책은 구입처에서 교환해 드립니다.

민음의 시

민음의 시
목록

001 전원시편 고은

002 멀리 뛰기 신진

003 춤꾼 이야기 이윤택

004 토마토 씨앗을 심은 후부터 백미혜

005 징조 안수환

006 반성 김영승

007 햄버거에 대한 명상 장정일

008 진흙소를 타고 최승호

009 보이지 않는 것의 그림자 박이문

010 강 구광본

011 아내의 잠 박경석

012 새벽편지 정호승

013 매장시편 임동확

014 새를 기다리며 김수복

015 내 젖은 구두 벗어 해에게 보여줄 때
    이문재

016 길안에서의 택시잡기 장정일

017 우수의 이불을 덮고 이기철

018 느리고 무겁게 그리고 우울하게 김영태

019 아침책상 최동호

020 안개와 불 하재봉

021 누가 두꺼비집을 내려놨나 장경린

022 흙은 사각형의 기억을 갖고 있다 송찬호

023 물 위를 걷는 자, 물 밑을 걷는 자 주창윤

024 땅의 뿌리 그 깊은 속 배진성

025 잘 가라 내 청춘 이상희

026 장마는 아이들을 눈뜨게 하고 정화진

027 불란서 영화처럼 전연옥

028 얼굴 없는 사람과의 약속 정한용

029 깊은 곳에 그물을 남진우

030 지금 남은 자들의 골짜기엔 고진하

031 살아 있는 날들의 비망록 임동확

032 검은 소에 관한 기억 채성병

033 산정묘지 조정권

034 신은 망했다 이갑수

035 꽃은 푸른 빛을 피하고 박재삼

036 침엽수림에서 엄원태

037 숨은 사내 박기영

038 땅은 주검을 호락호락 받아 주지 않는다 조은

039 낯선 길에 묻다 성석제

040 404호 김혜수

041 이 강산 녹음 방초 박종해

042 뿔 문인수

043 두 힘이 숲을 설레게 한다 손진은

044 황금 연못 장옥관

045 밤에 용서라는 말을 들었다 이진명

046 홀로 등불을 상처 위에 켜다 윤후명

047 고래는 명상가 김영태

048 당나귀의 꿈 권대웅

049 까마귀 김재석

050 늙은 퇴폐 이승욱

051 색동 단풍숲을 노래하라 김영무

052 산책시편 이문재

053 입국 사이토우 마리코

054 저녁의 첼로 최계선

055 6은 나무 7은 돌고래 박상순

056 세상의 모든 저녁 유하

057 산화가 노혜봉

058 여우를 살리기 위해 이학성

059 현대적 이갑수

060 황천반점 윤제림

061 몸나무의 추억 박진형

062 푸른 비상구 이희중

063 님시편 하종오

064 비밀을 사랑한 이유 정은숙

065 고요한 동백을 품은 바다가 있다 정화진

066 내 귓속의 장대나무 숲 최정례

067 바퀴소리를 듣는다 장옥관

068 참 이상한 상형문자 이승욱

069 열하를 향하여 이기철

070 발전소 하재봉

071 화염길 박찬

072 딱따구리는 어디에 숨어 있는가 최동호
073 서랍 속의 여자 박지영
074 가끔 중세를 꿈꾼다 전대호
075 로큰롤 해본 김태형
076 에로스의 반지 백미혜
077 남자를 위하여 문정희
078 그가 내 얼굴을 만지네 송재학
079 검은 암소의 천국 성석제
080 그곳이 멀지 않다 나희덕
081 고요한 입술 송종규
082 오래 비어 있는 길 전동균
083 미리 이별을 노래하다 차창룡
084 불안하다, 서 있는 것들 박용재
085 성찰 전대호
086 삼류 극장에서의 한때 배용제
087 정동진역 김영남
088 벼락무늬 이상희
089 오전 10시에 배달되는 햇살 원희석
090 나만의 것 정은숙
091 그로테스크 최승호
092 나나 이야기 정한용
093 지금 어디에 계십니까 백주은
094 지도에 없는 섬 하나를 안다 임영조
095 말라죽은 앵두나무 아래 잠자는 저 여자
　　　김언희
096 흰 책 정끝별
097 늦게 온 소포 고두현
098 내가 만난 사람은 모두 아름다웠다
　　　이기철
099 빗자루를 타고 달리는 웃음 김승희
100 얼음수도원 고진하
101 그날 말이 돌아오지 않는다 김경후
102 오라, 거짓 사랑아 문정희
103 붉은 담장의 커브 이수명
104 내 청춘의 격렬비열도엔 아직도
　　　음악 같은 눈이 내리지 박정대
105 제비꽃 여인숙 이정록
106 아담, 다른 얼굴 조원규
107 노을의 집 배문성

108 공놀이하는 달마 최동호
109 인생 이승훈
110 내 졸음에도 사랑은 떠도느냐 정철훈
111 내 잠 속의 모래산 이장욱
112 별의 집 백미혜
113 나는 푸른 트럭을 탔다 박찬일
114 사람은 사랑한 만큼 산다 박용재
115 사랑은 야채 같은 것 성미정
116 어머니가 촛불로 밥을 지으신다 정재학
117 나는 걷는다 물먹은 대지 위를 원재길
118 질 나쁜 연애 문혜진
119 양귀비꽃 머리에 꽂고 문정희
120 해질녘에 아픈 사람 신현림
121 Love Adagio 박상순
122 오래 말하는 사이 신달자
123 하늘이 담긴 손 김영래
124 가장 따뜻한 책 이기철
125 뜻밖의 대답 김언희
126 삼천갑자 복사빛 정끝별
127 나는 정말 아주 다르다 이만식
128 시간의 쪽배 오세영
129 간결한 배치 신해욱
130 수탉 고진하
131 빛들의 피곤이 밤을 끌어당긴다 김소연
132 칸트의 동물원 이근화
133 아침 산책 박이문
134 인디오 여인 곽효환
135 모자나무 박찬일
136 녹슨 방 송종규
137 바다로 가득 찬 책 강기원
138 아버지의 도장 김재혁
139 4월아, 미안하다 심언주
140 공중 묘지 성윤석
141 그 얼굴에 입술을 대다 권혁웅
142 열애 신달자
143 길에서 만난 나무늘보 김민
144 검은 표범 여인 문혜진
145 여왕코끼리의 힘 조명
146 광대 소녀의 거꾸로 도는 지구 정재학

147 슬픈 갈릴레이의 마을 정채원

148 습관성 겨울 장승리

149 나쁜 소년이 서 있다 허연

150 앨리스네 집 황성희

151 스윙 여태천

152 호텔 타셀의 돼지들 오은

153 아주 붉은 현기증 천수호

154 침대를 타고 달렸어 신현림

155 소설을 쓰자 김언

156 달의 아가미 김두안

157 우주전쟁 중에 첫사랑 서동욱

158 시소의 감정 김지녀

159 오페라 미용실 윤석정

160 시차의 눈을 달랜다 김경주

161 몽해항로 장석주

162 은하가 은하를 관통하는 밤 강기원

163 마계 윤의섭

164 벼랑 위의 사랑 차창룡

165 언니에게 이영주

166 소년 파르티잔 행동 지침 서효인

167 조용한 회화 가족 No. 1 조민

168 다산의 처녀 문정희

169 타인의 의미 김행숙

170 귀 없는 토끼에 관한 소수 의견 김성대

171 고요로의 초대 조정권

172 애초의 당신 김요일

173 가벼운 마음의 소유자들 유형진

174 종이 신달자

175 명왕성 되다 이재훈

176 유령들 정한용

177 파묻힌 얼굴 오정국

178 키키 김산

179 백 년 동안의 세계대전 서효인

180 나무, 나의 모국어 이기철

181 밤의 분명한 사실들 진수미

182 사과 사이사이 새 최문자

183 애인 이응준

184 얘들아, 모든 이름을 사랑해 김경인

185 마른하늘에서 치는 박수 소리 오세영

186 ㄹ 성기완

187 모조 숲 이민하

188 침묵의 푸른 이랑 이태수

189 구관조 씻기기 황인찬

190 구두코 조혜은

191 저렇게 오렌지는 익어 가고 여태천

192 이 집에서 슬픔은 안 된다 김상혁

193 입술의 문자 한세정

194 박카스 만세 박강

195 나는 나와 어울리지 않는다 박판식

196 딴생각 김재혁

197 4를 지키려는 노력 황성희

198 .zip 송기영

199 절반의 침묵 박은율

200 양파 공동체 손미

201 온몸으로 밀고 나가는 것이다
　　　　서동욱 · 김행숙 엮음

202 암흑향 暗黑鄕 조연호

203 살 흐르다 신달자

204 6 성동혁

205 웅 문정희

206 모스크바예술극장의 기립 박수 기혁

207 기차는 꽃그늘에 주저앉아 김명인

208 백 리를 기다리는 말 박해람

209 묵시록 윤의섭

210 비는 염소를 몰고 올 수 있을까 심언주

211 힐베르트 고양이 제로 함기석

212 결코 안녕인 세계 주영중

213 공중을 들어 올리는 하나의 방식 송종규

214 희지의 세계 황인찬

215 달의 뒷면을 보다 고두현

216 온갖 것들의 낮 유계영

217 지중해의 피 강기원

218 일요일과 나쁜 날씨 장석주

219 세상의 모든 최대화 황유원

220 몇 명의 내가 있는 액자 하나 여정

221 어느 누구의 모든 동생 서윤후

222 백치의 산수 강정

223 곡면의 힘 서동욱

224 나의 다른 이름들 조용미

225 벌레 신화 이재훈

226 빛이 아닌 결론을 찢는 안미린

227 북촌 신달자

228 감은 눈이 내 얼굴을 안태운

229 눈먼 자의 동쪽 오정국

230 혜성의 냄새 문혜진

231 파도의 새로운 양상 김미령

232 흰 글씨로 쓰는 것 김준현

233 내가 훔친 기적 강지혜

234 흰 꽃 만지는 시간 이기철

235 북양항로 오세영

236 구멍만 남은 도넛 조민

237 반지하 앨리스 신현림

238 나는 벽에 붙어 잤다 최지인

239 표류하는 흑발 김이듬

240 탐험과 소년과 계절의 서 안웅선

241 소리 책력冊曆 김정환

242 책기둥 문보영

243 황홀 허형만

244 조이와의 키스 배수연

245 작가의 사랑 문정희

246 정원사를 바로 아세요 정지우

247 사람은 모두 울고 난 얼굴 이상협

248 내가 사랑하는 나의 새 인간 김복희

249 로라와 로라 심지아

250 타이피스트 김이강

251 목화, 어두운 마음의 깊이 이응준

252 백야의 소문으로 영원히 양안다

253 캣콜링 이소호

254 60조각의 비가 이선영

255 우리가 훔친 것들이 만발한다 최문자

256 사람을 사랑해도 될까 손미

257 사과 얼마예요 조정인

258 눈 속의 구조대 장정일

259 아무는 밤 김안

260 사랑과 교육 송승언

261 밤이 계속될 거야 신동옥

262 간절함 신달자

263 양방향 김유림

264 어디서부터 오는 비인가요 윤의섭

265 나를 참으면 다만 내가 되는 걸까 김성대

266 이해할 차례이다 권박

267 7초간의 포옹 신현림

268 밤과 꿈의 뉘앙스 박은정

269 디자인하우스 센텐스 함기석

270 진짜 같은 마음 이서하

271 숲의 소실점을 향해 양안다

272 아가씨와 빵 심민아

273 한 사람의 불확실 오은경

274 우리의 초능력은 우는 일이 전부라고 생각해 윤종욱

275 작가의 탄생 유진목

276 방금 기이한 새소리를 들었다 김지녀

277 감히 슬프지 않을 수 있겠습니까? 여태천

278 내 몸을 입으시겠어요? 조명

279 그 웃음을 나도 좋아해 이기리

280 중세를 적다 홍일표

281 우리가 동시에 여기 있다는 소문 김미령

282 써칭 포 캔디맨 송기영

283 재와 사랑의 미래 김연덕

284 완벽한 개업 축하 시 강보원

285 백지에게 김언

286 재의 얼굴로 지나가다 오정국

287 커다란 하양으로 강정

288 여름 상설 공연 박은지

289 좋아하는 것들을 죽여 가면서 임정민

290 줄무늬 비닐 커튼 채호기

291 영원 아래서 잠시 이기철

292 다만 보라를 듣다 강기원

293 라흐 뒤 프루콩 드 네주 말하자면 눈송이의 예술 박정대

294 나랑 하고 시픈게 뭐에여? 최재원

295 해바라기밭의 리토르넬로 최문자

296 꿈을 꾸지 않기로 했고 그렇게 되었다 권민경

297 이건 우리만의 비밀이지? 강지혜

298 몸과 마음을 산뜻하게 정재율